I0690389

Copyright Information
Title: The Legend of a Myriad Morrors
Author: Fereidoon Daneshmand
Copyright Year: 2026
ISBN: 978-1-990157-39-4

انتشارات انار

فریدون دانشمند | از هزار افسان ایران - ۳

افسانه‌ی هزار آینه

کسی در جهان، جاودانه نماند
به گیتی ز ما جز فسانه نماند

افسانه‌ی هزار آینه
از هزار افسان ایران-۳
نویسنده: فریدون دانشمند
دبیر بخش «از هزار افسان ایران»: بنفشه حجازی
مدیر هنری و طراح گرافیک: عبدالرضا طبیبیان
چاپ اول: زمستان ۱۴۰۴، تورنتو، کانادا
شابک: ۴-۳۹-۹۹۰۱۵۷-۱-۹۷۸
مشخصات ظاهری کتاب: ۱۸۶ رویه
قیمت: ۱۴£ - ۱۶€ - CAD $ ۲۴ - US $ ۱۷

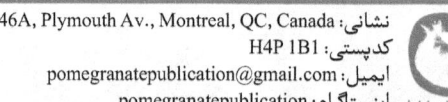

|انتشارات انار|
نشانی: 746A, Plymouth Av., Montreal, QC, Canada
کدپستی: H4P 1B1
ایمیل: pomegranatepublication@gmail.com
اینستاگرام: pomegranatepublication

پیشکش به
آنانی که به پایان شب سیه امید دارند

فهرست

یکم ● ژوبین هزارآینه ●

اسپروز، با اندامی ورزیده و قلبی سرشار از شور و غرور جوانی، بر ریسمان چنگ انداخته بود و آویزان بر آن، با مهارت و توانی چشمگیر، طول مسیر مرتفع و دلهره‌انگیز بین دو صخره را می‌پیمود. دو تن بر فراز صخره‌ها و در دو سوی ریسمان نظاره‌گر تلاش او بودند.

در یکسو لوری با آن قد و قامت کوتاه و لاغر و کلاه عجیبی که چهره‌اش را مضحک و در عین حال با نمک می‌کرد، چشم به تلاش قهرمانانه‌ی اسپروز دوخته بود و در نگاهش تحسینی آمیخته با حسرت موج می‌زد. او که معروف به لوری شعبده‌باز بود و همگان را با شعبده‌هایش شگفت‌زده می‌کرد، اکنون خود در شگفت از رفتار جسورانه‌ی اسپروز بود. او تحسین و تشویق خودش را به طنز آمیخت و با اشاره به رود خروشانی که در اعماق دره جاری بود، با صدایی

که اسپروز بشنود گفت:

«همه‌ی تلاشت را بکن، ولی مطمئن باش که سرانجام باید تو را از آب بگیریم.»

اسپروز که با شیوه‌ی سخن لوری آشنا بود، گفته‌ی او را با لبخندی پاسخ داد و به تلاش خود افزود.

در سوی دیگر مردی ایستاده بود که قامت بلند با موی سر و محاسن همچون برف سفیدش، به او هیبت و وقاری ویژه‌ای می‌بخشید. او که همه به نام آژمان می‌شناختندش، نگاه عاشقانه و ستایشگرش را به دست پرورده‌ی خود دوخته بود. اسپروز لحظه‌ای از حرکت بازماند. نگاهی به رود خروشان در اعماق زیر پایش افکند و دوباره با همه‌ی توان به پیشروی ادامه داد. آژمان چندگام به استقبال او پیش آمد. اسپروز سرش را بلند کرد و چهره‌اش با دیدن آژمان گشاده شد و نیروی مضاعفی پیدا کرد و با همه‌ی وجود ندای شعف‌آمیزی سر داد و گفت:

«آمدم پدر!»

و با سرعتی که انتظار نمی‌رفت، بقیه‌ی مسیر را طی کرد و پیش پای آژمان فرود آمد و در آغوش او فرو رفت. آژمان دستی بر موی تاب‌دار او کشید و گفت:

«آفرین! می‌دانستم موفق می‌شوی.»

اسپروز از آژمان جدا شد و با اشتیاق و هیجان به او گفت:

«حالا می‌خواهم آن پُتک را امتحان کنم.»

آژمان در پاسخ به اشتیاق او گفت:

«موافقم.»

در سوی دیگر، لوری با صدای بلند گفت:

«اینقدر به خودت نناز، انگار شاخ غول شکسته‌ای!»

بعد نگاهی به ریسمان بسته شده به درخت در بالای سرش انداخت و گفت:

«هیچ کاری ندارد؛ هر بچه‌ای می‌تواند.»

و با یک جست پرید و ریسمان را گرفت و مسافت کوتاهی پیش رفت، اما

وقتی به زیر پایش نگریست. عمق دره موجب وحشتش گشت و چشمانش از
ترس گشاد شد و با نعره‌ای وحشت‌آلود، مسیر رفته را عقب عقب برگشت و روی
زمین فرود آمد و نفسی به آسودگی کشید و با لبخندی توجیه‌گرانه گفت:

«مهم نیست؛ یک روز که حالش را داشته باشم، این کار را انجام می‌دهم.»

نوبت آزمون پتک و صخره رسید. آژمان به اسپروز گفت:

«فقط حق زدن یک ضربه را داری.»

اسپروز به تخته‌سنگ بزرگی که مقابلش بود، نگریست و پتک را بالای سر
برد. لوری که خود را به محل رسانده بود، چشم به صحنه دوخت و منتظر ماند
تا ببیند او چه می‌کند. اسپروز با همه‌ی توان پتک را بر تخته‌سنگ فرود آورد.
در ابتدا ظاهراً سنگ آسیبی ندید و این موجب لبخند شیطنت‌آمیز لوری شد.
اسپروز نومیدانه به آژمان نگریست، اما نگاه آژمان به تخته‌سنگ دوخته شده
بود و انگار منتظر اتفاقی بود و این اتفاق رخ داد. همراه با صدایی خشک، ترکی
بر سطح سنگ پدید آمد و سپس ترک‌های دیگری که پی‌درپی ایجاد شد و در
نهایت تخته‌سنگ فرو پاشید. لبخندی باشکوه چهره‌ی آژمان را آذین بخشید و
اسپروز با لحنی غرورآمیز گفت:

«حالا نوبت آن حلقه است!»

آژمان از او پرسید:

«فکر می‌کنی که وقتش رسیده باشد؟»

«آره، مطمئنم.»

«امتحان می‌کنیم.»

آژمان نگاهی به قله‌ی کوهی که در زیر آن ایستاده بودند، افکند و سپس به
سمت قله بالا رفت. اسپروز پتک را به زمین انداخت و به دنبال او رفت. لوری
لحظه‌ای در پی آن دو نگاه کرد و بعد پتک را برداشت و به زحمت بالای سر
برد، اما بر اثر سنگینی آن تعادلش را از دست داد و دچار حرکات مضحکی شد و

ترجیح داد که آن را بیندازد و به دنبال آن دو برود.

حلقه‌ی مورد نظر اسپروز در غاری نزدیک به قله قرار داشت و نور مشعلی که آژمان افروخته بود محوطه‌ی آنجا را روشنی می‌بخشید. اسپروز به حلقه‌ی فلزی بزرگی که در سنگ دیواره‌ی غار نصب شده بود، نگاه کرد. در چهره‌اش آمیخته‌ای از اشتیاق و تشویش، با هم مشاهده می‌شد. لوری از بیرون غار به درون سرک کشیده بود و صحنه را نظاره می‌کرد. آژمان سکوت را شکست و گفت:

«منتظر چه هستی؟ دروازه‌ی سنگی منتظر زورآزمایی با توست.»

اسپروز سرش را به نشانه‌ی فهم منظور او تکان داد و گفت:

«برایم آرزوی موفقیت کن.»

گام پیش نهاد و مقابل حلقه ایستاد و لحظه‌ای تمرکز کرد و سپس پنجه در آن افکند و با تمام قوا کشید. عضلات بازوی توانمند او منقبض شد و در حالی‌که دندان‌هایش را برهم می‌فشرد، سعی درگشودن دروازه‌ی سنگی کرد، اما مقاومت سنگ، بر قوای او چیره بود و عرق بر پیشانیش نشاند و سرانجام خسته و نومید، چنان با خشم حلقه را بر دیواره‌ی سنگی کوبید که از برخورد فلز با سنگ جرقه جهید. اسپروز مشت بر سنگ کوبید و پیشانی بر آن نهاد. آژمان با لبخندی پرمهر به طرف او آمد و دست بر شانه‌اش نهاد و گفت:

«به همین زودی نومید شدی؟»

اسپروز رویش را به سمت آژمان برگرداند و نومیدانه پرسید:

«من لیاقت این کار را ندارم؟»

آژمان پاسخ داد:

«داری، ولی برای بازکردن دروازه‌ی سنگی، زور تنها کافی نیست. نیروی دیگری هم لازم است، نیرویی در درون قلب تو.»

اسپروز نالید و گفت:

«آیا نیروی انتقام خون پدر و مادرم از فیلوس تبهکار کافی نیس؟ نیروی اراده

به زدودن داغ فیلوس از پیشانی روشنک کافی نیس؟»

و بعد سرش را بر شانه‌ی آژمان نهاد و با بغض ادامه داد:

«کمکم کن پدر!... کمکم کن!»

آژمان با مهر و متانت گفت:

«صبر کن... زمانش که برسد، ندای درون، تو را فرا می‌خواند. تا آن وقت باید همچنان جسم خود را قوی کنی و نگذاری موریانه‌ی نومیدی در وجودت رخنه کند زیرا آلانان به تو نیاز دارد.»

اسپروز همنام با کوه سر به فلک کشیده‌ای بود که سرزمین آلانان در دامنه‌های آن، روزگاری سخت را سپری می‌کرد. آلانان این نگاهبان همیشگی سرزمین مادری، سالیان درازی بود در مقابل نیروهای شیطانی فیلوس، امپراطور سرزمین داج، مقاومت می‌کرد. فیلوس مارزاد که سرزمین‌های پهناوری را پس از چیرگی بر آنها به قلمرو امپراطوریش افزوده بود، در آرزوی تسلط بر دژ محکم آلانان به هر نقشه‌ای متوسل می‌شد و از هیچ جنایتی فروگذار نبود. او به جز جهانگشایی که ویژگی ذاتی همه‌ی زورگویان جاه‌طلب جهان است، به خاطر پناه دادن مردم آلانان به آژمان، کینه‌ی زیادی از آنان در دل داشت. آژمان، روشنک دختر خردسال آوه، مرزبان آلانان را از اسارت فیلوس رهانیده و مانع باج خواهی او به واسطه‌ی این گروگانگیری شده بود. آژمان که سرزمینش به اشغال فیلوس درآمده بود، ضمن نجات روشنک، راز ساخت ژوبین هزارآینه را نیز که ناقوس مرگ فیلوس را به صدا در می‌آورد، با خود همراه آورده بود تا آن را به دست پهلوانی بسپرد که جسم و روحش آمادگی تصاحب آن را داشته باشد. گرچه بسیاری از مردان آلانان آرزوی گشودن دروازه‌ی سنگی و در اختیار گرفتن ژوبین هزارآینه را داشتند، اما همه می‌دانستند که این کار اگر از کسی برآید، به جز اسپروز نیست، پهلوانی که پدر و مادرش به خاطر پناه دادن به آژمان، توسط کرکس‌های فیلوس کشته شده بودند و خود او را که کودکی شیرخواره بود

و در جنگل رها مانده و گم شده بود، گروه گوزن‌ها مراقبت کرده بودند و پس از پیدا شدن، آژمان سرپرستی او را به عهده گرفته و از همان خردسالی همچون جان شیرین پرورانده و از آموختن آداب پهلوانی و فنون جنگاوری، هرآنچه را که شایسته بود از او دریغ نکرده بود و امروز نیز بعد از آن که اسپروز موفق به گشودن دروازه‌ی سنگی نشد، برای آن که او را از غم نومیدی برهاند با خود همراه کرد تا فنون دیگری از جنگاوری را به او بیاموزد. سپر کوچکی را به دست او داد تا سد راه تیرهایی کند که به طرفش پرت می‌کنند.

مهارت اسپروز در این کار و همچنین مهارت آژمان در تیرافکنی، لوری را که شاهد ماجرا بود به وجد آورد و به طرزی غافلگیرکننده، از بالای درخت پایین پرید و سپر را از اسپروز گرفت و با احساسی قهرمانانه خطاب به آژمان گفت:

«حالا نوبت من است. تیر بزن آژمان! لوری از هر مدعی دیگری سرتر است.»

آژمان چشمکی به اسپروز زد و به لوری گفت:

«خیلی خوب، آماده باش.»

و تیری در چله‌ی کمان نهاد. لوری به نشانه‌ی اعلام آمادگی به شکل مضحکی ورجه وورجه می‌کرد. آژمان کمان را بالا آورد و نشانه‌گیری کرد و زه را کشید. لوری از حرکت بازایستاد و هر چه به زمان پرتاب تیر نزدیک می‌شد، علایم بیشتری از ترس در نگاهش پدیدار می‌گشت و هنگامی که تیر از چله‌ی کمان رها شد، لوری، به طرز خنده‌داری، دو دستی سپر را مقابل صورت و اندام مچاله شده‌اش قرار داد. تیر بر سپر نشست و او لحظه‌ای به همان حال ماند و بعد در حالی‌که لبخندی پیروزمندانه بر لب داشت، سپر را از مقابل صورت کنار برد، اما لبخند او با دیدن تیر دوم که زوزه‌کشان به سمتش آمد، از چهره‌اش زایل شد و با نعره‌ای مضحک و وحشت‌آلود، سپر را انداخت و پا به فرار نهاد. تیر که در تعقیب او می‌آمد، بر کلاهش نشست و آن را با خود برد و پس از طی مسافتی در هوا، بر سر مردی که به تنه‌ی درختی تکیه داده بود و در خواب به سر

می‌برد، رها کرد. مردکه بیدرفش نام داشت و در آلانان به بیدرفش جوجه‌خوار معروف بود، از خواب پرید و تا خواست بفهمد این کلاه چطور بر سرش رفته، کلاه از سرش قاپیده شد. کسی‌که کلاه را قاپ زده بود، شهربان آلانان، معروف به جانوشیارِ موشکاف بود. او کلاه را به بیدرفش نشان داد و پرسید:

«من صاحب این کلاه را می‌شناسم. چطور بدست تو رسیده؟ توضیح بده.»

و بعد خم شد و صورتش را کاملاً به صورت بیدرفش نزدیک کرد و با سوءظن به او گفت:

«امیدوارم صاحب این کلاه را با یک جوجه‌ی درشت اشتباه نگرفته باشی!»

و سپس ضمن آن که کلاه را با خود می‌برد، به حرفش ادامه داد و گفت:

«این کلاه تا تکمیل تحقیقات پیش من می‌ماند.»

جانوشیارکه دور شد، بیدرفش که صاحب کلاه را به خوبی می‌شناخت، زیر لب گفت:

«من از بوی این لوری بوگندو هم بدم می‌آید تا چه رسد به‌گوشت تلخش.»

و بعد انگار چیزی به یادش افتاده باشد، جانوشیار را صدا زد. جانوشیار ایستاد و رویش را به طرف او برگرداند و پرسید:

«چه شده؟... به چیزی می‌خواهی اقرار کنی؟»

بیدرفش با تضرع گفت:

«چند روز است حتی یک تخم گنجشک هم چاشت نکرده‌ام؛ رحم کنید!»

جانوشیار هویج بزرگی را از جیبش در آورد و به طرف او انداخت و گفت:

«فعلاً کماکان هویج بخور تا عادت زشت جوجه‌خواری از سرت بیفتد. در ضمن افکار خطرناک هم به کله‌ات راه نده که جانوشیار همه جا مراقب توست.»

جانوشیار این را گفت و به راهش ادامه داد. بیدرفش نگاه پرنفرتش را بدرقه‌ی او کرد و زیر لب غرید:

«اگر می‌دانستی چقدر بدجنسم، با من بهتر تا می‌کردی، جانوشیارِ سمج!»

در محل آموزش فنون جنگاوری، این بار آژمان مهارت اسپروز در تیرافکنی به هدف متحرک را می‌آزمود. آن دو ضمن این کار جملات رازگونه‌ای را مرور می‌کردند که کنایه از هجوم ملخ‌های فیلوس داشت و مقابله‌ای که قرار بود ژوبین هزارآینه با آنها داشته باشد. آژمان سپر چوبینی را که در دست داشت به هوا پرتاب کرد و گفت:

«روز در میانه، شب می‌شود.»

اسپروز زه کمان را کشیده و سپر را هدف قرار داد و گفت:

«آینه از بند می‌رهد.»

تیر بر تخته سپر نشست. آژمان تخته سپر را نرسیده به زمین گرفت و دوباره به هوا انداخت و گفت:

«آینه در چشمه خورشید جاری می‌شود.»

اسپروز تیری دگر بر تخته نشاند و گفت:

«و هر آینه یک خورشید می‌شود.»

آژمان سپر را گرفت و به سمت خورشید پرتاب کرد و گفت:

«آینه از آینه جان می‌گیرد.»

اسپروز تیر افکند و گفت:

«نقش هر آینه را، آینه‌ای می‌بیند.»

آژمان سپر را با قدرت بیشتری به آسمان پرتاب کرد و گفت:

«و هزارآینه، پروانه‌ی خورشید شود.»

اسپروز سپر را هدف قرار داد و گفت:

«و هزارآینه، طلسم شب می‌شکند.»

تیر بر تخته سپر فرود آمد و لحظه‌ای بعد، تخته سپر در میان پنجه آژمان آرام گرفت. چهار تیر به شکل منظم بر تخته سپر نشسته بود و میانه آنها خالی بود. آژمان با نشان دادن آن به اسپروز، تخته سپر را مقابل سینه‌ی خود نگاه

داشت و گفت:

«حالا می‌خواهم، آخرین تیر را هم بیندازی.»

اسپروز لبخندی زد و آخرین تیر را در چله کمان نهاد و زه را کشید. لوری که از پیدا کردن کلاهش ناامید شده بود، از راه رسید و با دیدن آن صحنه، وحشت‌زده به اسپروز گفت:

«این کار را نکن، اگر خطا برود، کار او تمام است!»

آژمان با خونسردی به اسپروز گفت:

«معطل نکن، من منتظرم.»

اسپروز لبخندی به لوری زد و زه را تا انتها کشید. لوری از ترس چشمانش را پوشاند و در همان حال شنید که اسپروز جمله‌ی نهایی را کامل کرد و با لحنی آکنده از نفرت فریاد کشید:

«و آن روز، روز مرگ فیلوس خواهد بود!»

لوری صدای صفیر تیری که رها شده بود را شنید، اما تا لحظاتی جرأت نکرد که چشمانش را باز کند، و وقتی که سرانجام با ترس و تردید، کم‌کم پنجه را از روی چشمانش برداشت، از دیدن تیر که درست در میانه‌ی تخته سپر فرو رفته بود گل از گلش شکفت و همزمان از کلاهی که بر سرش فرو شد جا خورد. کلاه را که متعلق به خودش بود، جانوشیار بر سرش کرده بود. او ضمن این کار به لوری گفت:

«بیا کسی کلاهت را برندارد لوری. بدون کلاه، ترکیب جالبی نداری.»

جانوشیار این را گفت و به راهش ادامه داد. لوری نگاهی در پی او افکند و آهسته گفت:

«متشکرم!... و اتفاقاً من به این کلاه همین الساعه احتیاج داشتم.»

و یکباره جستی زد و میان اسپروز و آژمان فرود آمد و گفت:

«من هم یک اسپروزم، یک قهرمانم. به من اعتماد کنید.»

و با کشیدن کلاه بر روی صورت خود، به طرزی غریب، شبیه به اسپروز شد

و به سمت یک کنده‌ی درخت هجوم برد و آن را با قدرت بالای سر برد امّا به زودی زیر بار سنگین آن، دو زانویش شروع به لرزیدن کرد و صورتش چین برداشت و تبدیل به خودش شد و ناله‌اش درآمد.

اسپروز با جهشی غزال‌گونه و به ضرب سر پنجه، کنده را از روی دستان او به گوشه‌ای افکند.

لوری که از خودش نومید شده بود با اندوه به خودش گفت:

«چرا تو نباید یک قهرمان باشی لوری؟»

بعد با دلی پر حسرت به ساحل رودخانه رفت به این امید که روشنک را آنجا پیدا کند. روشنک که بعد از رهایی از اسارت فیلوس، تا به امروز کلامی حرف نزده بود، سنگ صبور کسانی بود که می‌خواستند راز دلشان پنهان بماند.

حدس لوری درست از آب درآمد و روشنک روی تخته‌سنگ کنار رودخانه نشسته بود و موهای بلند و همچون شبقش را شانه می‌زد. او با دیدن لوری سعی کرد داغی را که بر پیشانی داشت زیر مو بپوشاند. همه می‌دانستند که این داغ نشانه‌ی دوران اسارتش در نزد فیلوس بود، اما روشنک همیشه آن را از نگاه دیگران پنهان می‌کرد. گفته می‌شد که به خاطر همین داغ پیشانی بود که روشنک قدرت تکلم را از دست داده است وگرچه همه‌ی مردمان آلانان از این که زیباترین دختر سرزمینشان از سخن گفتن محروم بود غصه می‌خوردند، اما در عین حال امیدوار بودند که روزی این طلسم شکسته شود و روشنک زبان به سخن بگشاید.

لوری به نزدیک روشنک که رسید با لحنی حسرت‌آلود گفت:

«چرا همه فکر می‌کنند که من نمی‌توانم یک قهرمان باشم، روشنک؟»

روشنک نگاهش کرد و مثل همیشه حرفی نزد. لوری هم که انتظار پاسخی از او نداشت با همان لحن ادامه داد:

«می‌دانم که آژمان حرف تو را رد نمی‌کند. ازش بخواه جای درخت آرزو را به من نشان بدهد. قول می‌دهم، اول از همه انتقام تو را از فیلوس بگیرم.»

از شنیدن نام فیلوس، اندوهی ژرف چهره‌ی روشنک را دگرگون کرد. لوری با توجه به حال روشنک، با نمایشی از افسردگی و اندوه و همراه با اشکی که فوری سرازیر شد ادامه داد:

«غمگین شدی روشنک جان؟... لوری را ببخش... لوری را ببخش و بدان که در این لحظه غمگین‌ترین موجود عالم کسی جز من نیست.»

روشنک دلش به حال لوری سوخت و در دل گفت:

«ای کاش به جای این همه خیال‌بافی، سعی کنی خودت باشی!»

سر و کله‌ی اسپروز که از دور پیدا شد، لوری فوری اشکش را با آستین پاک کرد و با خودش گفت:

«هیچکس نباید اشک کسی را که آرزوهای بزرگ در سر دارد، ببیند.»

اسپروز که همه جا و همه وقت مراقب روشنک بود که مبادا خطر دیگری او را تهدید کند، با لحنی که گلایه و عشق را در هم آمیخته داشت، خطاب به روشنک گفت:

«چرا از خانه بیرون آمدی روشنک؟ تو که می‌دانی این کار برایت خطرناک‌ست؟»

روشنک نگاه محزونش را به اسپروز دوخت و در دلش خطاب به او گفت:

«توی خانه دلم می‌گیرد اسپروز؛ لااقل اینجا صدای پرنده‌ها و زمزمه‌ی رودخانه را می‌شنوم.»

لوری در توجیه حضور خود، نقش تازه‌ای بازی کرد و گفت:

«از دور که دیدمش، با خودم گفتم حالا که بیرون آمده، مواظبش باشم خطری تهدیدش نکند.»

اسپروز از کنار حرف او با لبخندی گذشت و خطاب به روشنک گفت:

«پاشو برویم؛ مبادا آوه‌ی مهربان نگرانت بشود.»

روشنک از جا برخاست. اسپروز صدایی شبیه به آوای گوزن از حنجره خارج ساخت و با صدای بلند کسانی را در دور مخاطب قرار داد:

«ماهوی!... گلرنگ!»

زمان زیادی نگذشت که پرورندگان او به تاخت آمدند. ماهوی، گوزن سفید ماده پیش پای روشنک وگلرنگ، گوزن سیاه نر پیش پای اسپروز زانو بر زمین نهادند تا آن دو سوارگرده‌هایشان شوند و سپس از جا برخاستند و به راه افتادند. سواری آن دو بر پشت گوزن‌ها چنان باشکوه بود که لوری نتوانست حسرتش را زیر لب بیان نکند:

«چه زوج خوشبختی!»

همین جمله‌ی حسرت‌آلود را بیدرفش هم بر زبان آورد:

«چه زوج خوشبختی!»

او که از لابلای شاخ و برگ درختان جنگل عبور اسپروز و روشنک را سوار بر گوزن‌ها تماشا می‌کرد، بعد از ادای این جمله‌ی حسرت‌آمیز با نومیدی نالید و گفت:

«تنها بدبخت این سرزمین من هستم!»

و بلافاصله صدای زنی، او را متوجه پشت سر خود کرد.

«می‌توانی خوشبخت‌ترین باشی.»

بیدرفش پشت سر خود شنبلید، معروف به شنبلیدِ کندوبان را دید. او که چهره‌ای شبیه به ساحره‌ها داشت، در حالی‌که با عصای دستش به او اشاره می‌کرد، با لبخندی مکارانه به سخن ادامه داد و گفت:

«فقط کافی‌ست اراده کنی.»

بیدرفش که در این لحظات تحمل خودش را هم نداشت، گفت:

«برو دست از سرم بردار شنبلید؛ حوصله ندارم.»

شنبلید جلو آمد و با نوک عصا چند ضربه‌ی آرام بر سینه‌ی بیدرفش زد و گفت:

«دلت نمی‌خواهد شنبلید بانو کمکت کند؟»

بیدرفش با نومیدی گفت:

«هیچ کس نمی‌تواند به بیدرفش گرسنه کمک کند.»

شنبلید با لحنی اغواگر گفت:

«مشکل تو خوراک جوجه‌ی تازه است و من می‌توانم تو را تا آخر عمر از آن بی‌نیاز کنم.»

بیدرفش با اخم پرسید:

«بچه گول می‌زنی؟»

شنبلید لبخند مرموزی زد و گفت:

«گفتم، فقط باید اراده کنی.»

بیدرفش با تردید پرسید:

«من حتی نمی‌توانم به آنها چپ نگاه کنم؛ جانوشیار سمج همه جا دنبال من‌ست.»

شنبلید برای آن که به وسوسه‌ی بیدرفش دامن بزند، گفت:

«با چیزی که من در اختیارت می‌گذارم، دیگر لازم نیست حتی از خانه بیرون بیایی.»

بیدرفش که طمعش برانگیخته شده بود، پرسید:

«آن چیست؟»

شنبلید به اطرافش نگاهی کرد و گفت:

«گوشَت را بیاور جلو، مبادا باد حرف مرا به گوش جانوشیار برساند.»

بیدرفش گوشش را به دهان شنبلید نزدیک کرد و او چیزهایی گفت که آب از لب و لوچه‌ی بیدرفش سرازیر شد و چشمانش از اشتیاق برق زد. بالاخره شنبلید خودش را عقب کشید و از او پرسید:

«حالا نظرت چیست؟»

بیدرفش با اشتیاق جواب داد:

«اگر ممکن بشود، عالی‌ست.»

شنبلید گفت:

«ممکن می‌شود، اما به یک شرط.»

بیدرفش پرسید:

«چه شرطی؟»

شنبلید جواب داد:

«به همدیگر کمک کنیم.»

بیدرفش بی‌تابانه پرسید:

«چه کمکی؟»

شنبلید جواب داد:

«برویم برایت می‌گویم.»

شنبلید عصازنان جلو افتاد و بیدرفش به دنبالش. کمی آن‌طرف‌تر گردونه‌ای در زیر یک درخت توقف کرده بود و پیرمرد گردونه‌ران در حال چرت به سر می‌برد. شنبلید به بیدرفش گفت:

«سوار شو. گردونه‌ی من محل امنی برای صحبت است.»

بیدرفش با اشاره به گردونه‌ران پرسید:

«آیا این پیرمرد هم آدم مطمئنی است؟»

شنبلید ضمن سوار شدن گفت:

«سوار شو و بزدل نباش؛ گوش‌هایش سنگین است.»

بیدرفش در توجیه سخن خود گفت:

«هنوز مزه‌ی قرنطینه را نچشیده‌ای؛ نفست از جای گرم در می‌آید.»

بیدرفش بالا رفت و کنار شنبلید نشست و درِ اتاقک گردونه را بست. شنبلید عصایش را از دریچه‌ی جلو بیرون برد و بر شانه‌ی گردونه‌ران کوبید و او را از چرت پراند. گردونه‌ران اسب‌ها را هی کرد و به حرکت واداشت. بیدرفش زود سر صحبت را باز کرد و پرسید:

«زود باش بگو من باید چکار کنم که به قولت وفا کنی؟»

شنبلید جواب داد:

«عجول نباش؛ اول باید نکاتی را برایت توضیح بدهم.»

بیدرفش بی‌تابانه گفت:

«زود باش که از گرسنگی هلاکم.»

شنبلید با خونسردی از او پرسید:

«چرا؟... هیچ فکر کرده‌ای چرا باید تو را از حق خوردن جوجه محروم کنند؟»

بیدرفش با بی‌حوصلگی جواب داد:

«من چه می‌دانم؟»

شنبلید با نوک عصا صورت بیدرفش را به سمت خود چرخاند و با بدجنسی

گفت :

«ولی مـن مـی‌دانـم. طفلک بیدرفش را به جـرم دسـتبرد از لانـه‌ی پرنده‌ها

یک سال تمام توی قرنطینه چپاندند و مجبورش کردند که فقط هویج بخورد.»

بیدرفش به درماندگی خود اعتراف کرد و گفت:

«هنوز هم مجبورم. دیگر حالم از هویج به هم می‌خورد!»

و بلافاصله دست به دامن شـنبلید شـد و از او خواست که فکری به حالـش

بکند. شـنبلید دست برد و از زیر صندلی یک جفت کفش بیرون آورد و به بیدرفش

نشـان داد و از او پرسید:

«صاحب این کفش‌ها را می‌شناسی؟»

بیدرفش صاحب کفش‌ها را به خوبی می‌شناخت، اما گفت:

«چرا باید بشناسم؟»

شنبلید گفت:

«صاحب این کفش‌ها قرار است امشب به باغ گل سرخ دستبرد بزند، کندوها

را بشکند و تا می‌تواند با خودش عسل ببرد.»

بیدرفش لحظه‌ای به او و به کفش خیره شد و بعد پرسید:

«سر به سرم می‌گذاری؟»

شنبلید سر تکان داد و گفت:

«ابداً... موضوع خیلی هم جدی‌ست.»

بیدرفش نا خودآگاه و با صدای بلند گفت:

«این کفش‌های آژمان است!»

شنبلید دسته‌ی عصا را روی لب او گذاشت و گفت:

«صدایت را بیاور پایین!»

بیدرفش گفت:

«چیزی بگو که آدم باور کند.»

شنبلید با عصا ضربه‌ای بر فرق او زد و گفت:

«می‌گویند خنگی؛ همین است. بچه جان این کفش‌ها قرار نیست که به پای آژمان باشد.»

بیدرفش با سردرگمی پرسید:

«منظور تو را نمی‌فهمم.»

شنبلید سرش را به بیدرفش نزدیک کرد و گفت:

«قرارست این کفش‌ها را امشب، تو به پاهایت بکنی.»

بیدرفش بی‌درنگ گردونه‌ران را مخاطب قرار داد و داد زد:

«گاریچی نگهدار!»

شنبلید با خونسردی گفت:

«بی‌خود فریاد نزن، نمی‌شنود.»

بیدرفش با عصبانیت گفت:

«بگو من را پیاده کند.»

شنبلید پوزخندی زد و گفت:

«فکر نمی‌کردم اینقـدر بزدل باشی. پس همـان بهترست کـه آنقدر هویج بخـوردت بدهنـد کـه گوش‌هایت مثل خرگـوش دراز بشـود.»

بیدرفش از خود دفاع کرد وگفت:

«تو می‌خواهی من به انبار عسل دستبرد بزنم. می‌دانی اگر گیر بیفتم، جانوشیار چه بلایی به سرم می‌آورد؟... هویج که سهل است، علف هم به من نمی‌دهند.»

شنبلید گفت:

«اما اگر گیر نیفتی،... هر وقت که هوس کنی، جوجه آماده است.»

بیدرفش پرسید:

«چه کسی تضمین می‌کند؟»

شنبلید با قاطعیت جواب داد:

«من!»

بیدرفش از تب و تاب افتاد و بعد از کمی فکر پرسید:

«چرا باید پا توی کفش آژمان بکنم؟»

شنبلید جواب داد:

«بخاطر این که از شرش خلاص بشویم. فکر می‌کنی اگر او روشنک را از چنگ فیلوس نجات نمی‌داد، تو امروز اینطور حقیرانه زندگی می‌کردی؟»

سخنان شنبلید بر بیدرفش تأثیر نهاد و او با تبسمی پیروزمندانه کفش‌ها را به سمت بیدرفش دراز کرد و گفت:

«بگیر. مطمئن باش فیلوس این شجاعت تو را بی‌پاداش نمی‌گذارد.»

بیدرفش با دودلی کفش‌ها را از دست شنبلید گرفت و تا شب با تردیدهایش کلنجار رفت، ولی بالاخره وسوسه‌ی وعده‌های شنبلید بر او چیره شد و نیمه‌های شب، آنطورکه شنبلید سفارش کرده بود، با یک گونی که تویش یک کوزه‌ی بزرگ چپانده بود و یک چماق درست و حسابی، پاورچین و با احتیاط خود را به باغ گل سرخ رساند. در آنجا، شنبلید فانوس در دست به استقبالش آمد و گفت:

«همه چیز آماده است، ببینم چکار می‌کنی.»

بیدرفش با دلهره پرسید:

«نگهبان‌ها را چه کنم؟»

«خیالت راحت باشد؛ با معجونی که در غذای آنها ریختم، زمین لرزه هم بیاید از خواب بیدار نمی‌شوند.»

بیدرفش قبل از آن که وارد عمل شود به شنبلید گفت:

«از یادت نرود چه قولی به من دادی.»

شنبلید به او از این بابت اطمینان خاطر داد و در آخر هم گفت:

«یادت نرود، یک لنگه از کفش‌ها باید جا بماند.»

بیدرفش به طرف محـل کندوها رفت و شـنبلید با لبخنـدی پیروزمندانه و مالامال از بدجنسی شعله‌ی فانوس را فوت کرد و همـه جا در تاریکی فرو رفت.

•••

فردای آن روز خبر اتفاقی کـه در باغ گل سـرخ افتاده بـود قبل از هرکس باید به اطـلاع مرزبان آلانان، آوه‌ی مهربـان، می‌رسید. او نـزد روشـنک بـود و دخترش را بخاطر این که پنجره‌ی اتاقش را گشوده و کنـار آن ایستاده بود سرزنش می‌کرد:

«چنـد بار از تو خواهـش کنم این پنجره را بـازنکن؟ کسـی از بیرون نباید تو را ببیند... شنیدم دیروز هم از خانه بیرون رفتی. چرا بی‌احتیاطی می‌کنی دخترم؟ دفعـه‌ی قبل مادرت کشته شـد و این بار اگر آن اتفاق شـوم تکرار شـود، پدرت هم از غصه می‌میرد.»

حالت چهـره‌ی روشـنک از یـادآوری آنچـه کـه در کودکیـش اتفاق افتـاده بـود دگرگون شـد و اشک در چشمانش جمـع شد. او روزی را به یاد آورد که با مـادرش در چمنزارهـای آلانان به چیـدن گل‌هـای وحشـی مشـغول بودنـد کـه سر و کلـه‌ی آن دو کرکس عظیم‌الجثه پیدا شـد. مادرش وحشـت‌زده دست او را گرفت و با هـم فرار کردند. کرکس‌هـا در تعقیب آنها آمدنـد و وقتی کـه کامـلاً نزدیک شـدند،

مادرش دست او را رها کرد و از ش خواست که فرار کند و خود چوبی را از روی زمین برداشت و شجاعانه در مقابل کرکس‌ها ایستاد. روشنک کاملاً به یاد می‌آورد که چگونه با چشمانی گریان شاهد مبارزه‌ی نابرابر مادرش با کرکس‌ها بود و یادش می‌آمد که چگونه آنها پس از فراغت از کشتن مادرش او را به چنگال گرفتند و با خود به قصر فیلوس بردند.

آوه که می‌دانست چه در ذهن دخترش می‌گذرد، با لحنی غم‌زده او را مخاطب قرار داد و گفت:

«نمی‌خواستم با یادآوری آن خاطره‌ی تلخ ناراحتت کنم، ولی چاره‌ای ندارم؛ فیلوس سعی می‌کند هر طوری بوده، دوباره تو را به چنگ بیاورد. او می‌داند که من فقط به خاطر تو ممکن است دلم بلرزد و پاهایم سست بشود... حالا سرت را بلند کن و نگاهم کن، می‌خواهم از چشم‌هایت بخوانم که به پدرت قول می‌دهی مواظب خودت هستی.»

روشنک سرش را بلند کرد و به چشمان پدرش نگاه کرد. او با نگاهش بارها به پدر این اطمینان را داده بود و اما به زودی قول خود را از یاد برده بود. آوه آرزوی قلبی خود را برای چندمین بار تکرار کرد و گفت:

«اگر درخواست اسپروز را بپذیری، خیال من بیشتر راحت می‌شود؛ اسپروز عاشق توست و به خوبی می‌تواند حمایتت کند.»

و مثل هر بار نومیدانه ادامه داد:

«شاید تو میلی به همسری او نداری و من بیهوده اصرار می‌کنم!»

و مثل هر بار صدای ذهن روشنک را نشنید که می‌گفت:

«اشتباه می‌کنی پدر؛ من اگر مردی را به عنوان همسر پسندیده باشم، او فقط اسپروز است. من عاشق او هستم و با همه‌ی وجود دوستش دارم... ولی یک دختر لال، با داغ زشتی که به پیشانی دارد، چطور می‌تواند او را خوشبخت کند؟»

آوه آهی کشید و گفت:

«خودت را به بافتن فرش سرگرم کن و نگذار تنهایی و سکوت روحت را پژمرده کند.»

در همین وقت درِ کلبه باز شد و جانوشیار در حالی‌که کوله‌ای بر شانه او آویزان بود وارد شد و گفت:

«سلام بر آوه‌ی مهربان!»

آوه سلامش را جواب داد و گفت:

«از کوله‌ای که همراه داری پیداست خبری شده.»

جانوشیار سری به نشانه‌ی تأیید سخن او تکان داد و گفت:

«اما خبر دلچسبی نیست.»

آوه کنجکاو شد و پرسید:

«چه اتفاقی افتاده؟»

«به من خبر دادند که دیشب به باغ گل سرخ دستبرد زده‌اند و کلی عسل به تاراج برده‌اند.»

«اوضاع را بررسی کرده‌ای؟»

«ترجیح دادم به اتفاق برویم؛ گویا شنبلید قشقرق بپا کرده.»

آوه منظور او را فهمید و گفت:

«پس عجله کن برویم.»

وقتی آن دو به باغ گل سرخ نزدیک شدند. نگهبانی که جلو دروازه‌ی باغ ایستاده بود، ورود آوه را با صدای بلند اعلام کرد:

«مرزبان آلانان، جناب آوه به باغ گل سرخ تشریف آوردند.»

شنبلید در حالی‌که تورِ محافظ سر و اندامش را پوشانده بود، با عصبانیتی نمایشی به استقبال آن دو آمد و طلبکارانه گفت:

«بالاخره آمدید، چه عجب!»

آوه با ملاطفت و نرمی پرسید:

«چه اتفاقی افتاده شنبلید بانو؟»

شنبلید با اخم جواب داد:

«به انبار دستبرد زده‌اند، ناجوانمردانه هم دستبرد زده‌اند، بیشتر از آن که ببرند، نابود کرده‌اند.»

آوه و جانوشیار به طرف محوطه‌ی کندوها رفتند و شنبلید نیز آنها را همراهی کرد. نرسیده به آنجا، دو کارگر پیش آمدند و تورهای محافظ را بر سر آوه و جانوشیار کشیدند. در محوطه، از وزوز انبوه زنبوران آواره غلغله‌ای بپا شده بود. کندوها شکسته و یا واژگون شده بودند و مقادیری عسل بر زمین ریخته بود.

جانوشیار از شنبلید پرسید:

«کسی از شما سارق یا سارقان را دیده؟»

شنبلید با کنایه جواب داد:

«اگر می‌دانستم که نگهبان‌های شما افرادی خواب‌آلوده و بی‌خیال هستند، مطمئن باش خودم بیدار می‌ماندم و سارقان را شناسایی می‌کردم.»

آوه در واکنش به کنایه‌ی او به جانوشیار گفت:

«بررسی کن جانوشیار اگر نگهبانی قصوری داشته، تنبیه شود.»

توجه جانوشیار معطوف به لنگه کفشی شد که در گِل جا مانده بود. رفت و آن را از زمین برداشت و با دقت نگاه کرد. شنبلید که منتظر همین لحظه بود، فوری گفت:

«امیدوارم سرنخ خوبی به دست آورده باشی.»

هم آوه و هم جانوشیار صاحب این کفش‌ها را به خوبی می‌شناختند. کفشی که رویه‌اش از پوست خرس قهوه‌ای ساخته شده بود. آن دو فقط به هم نگاه کردند و حرفی نزدند. شنبلید فرصت را برای بیان سخنان توطئه‌آمیزش غنیمت شمارد و گفت:

«مسئله خوردن یا بردن نبوده؛ هدف نابودی ذخایر بوده. مطمئنم کار

کسی است که آلانان و مردمانش نزد او پشیزی ارزش ندارند. آدمی که خودش را میان ما بُرزده تا هروقت فرصت پیداکرد، ضربه‌ای وارد کند.»

آوه پس از لحظه‌ای تأمل در سخن او گفت:

«شما فعلاً خسارت را برآورد کنید. باید باقیمانده‌ی عسل‌ها را جیره‌بندی کنیم.»

شنبلید با کنایه گفت:

«البته اگر چیزی باقی مانده باشد.»

آوه پاسخی به کنایه‌ی او نداد و ضمن خروج از محوطه‌ی کندوها، بازوی جانوشیار را نیز گرفت و با خود همراه کرد. شنبلید در پی آن دو با صدای بلند پرسید:

«گویا حدس زده‌اید که این خرابکار چه کسی است.»

آوه که منظور شنبلید را می‌دانست، ایستاد و با لحنی تند به او گفت:

«لازم بشود، اعلام می‌کنیم.»

شنبلید با لحنی گله‌آمیز گفت:

«توقع نداشتم که آوه‌ی دادگر، حقیقت را از یک بانوی دلسوز مخفی کند.»

و آوه با همان لحن جواب داد:

«باید تحقیقات انجام بشود. قبل از کشف حقیقت، هرگونه شایعه‌پراکنی جرم است؛ از ناحیه‌ی هرکس که می‌خواهد باشد.»

و با خشم و کلافگی تور محافظ را از سر بیرون کشید، به گوشه‌ای افکند و خطاب به جانوشیار گفت:

«برویم، خیلی کار داریم.»

هنوز چند قدمی بیش دور نشده بودند که شنبلید لب به سخن گشود و گفت:

«جناب آوه، درست است که شما به خاطر نجات روشنک از چنگ فیلوس، خود را مدیون آژمان می‌دانی، ولی چرا فکر نمی‌کنی که این یک نمایش برای جلب اعتماد بوده که در وقت مناسب نقشه‌ی اصلی پیاده بشود؟... حدس نمی‌زنی این توطئه، مرحله‌ی شروع این نقشه باشد؟»

آوه از کلام شنبلید منزجر و عصبانی بود، اما ترجیح داد که پاسخی به او ندهد و لذا بی‌آن‌که به سخنان گزنده‌ی او پاسخی بدهد به سرعت گام‌هایش افزود. کمی که دور شدند، جانوشیار گفت:

«موضوع مشکوکی است. شما باور می‌کنید؟»

آوه در جواب او گفت:

«هر چه زودتر آژمان را پیدا کن و از او توضیح بخواه. به احتمال زیاد الان دارد به اسپروز فنون جنگاوری می‌آموزد.»

برخلاف تصور آوه، اسپروز به تنهایی و با یک مترسک چوبی تمرین کمنداندازی می‌کرد. او مترسک را به پشت سر خود پرتاب می‌کرد و بعد با یک حرکت ماهرانه مترسک را در هوا به دام کمند خود گرفتار می‌نمود. لوری که خودش را پشت تنه‌ی درختی پنهان کرده و نظاره‌گر اعمال اسپروز بود، با خود گفت:

«حالا وقتش است کمی سر به سر او بگذارم!»

و کلاهش را بر سر کشید و تبدیل به آژمان شد و از پنهانگاه بیرون آمد. اسپروز او را دید و خوشحال شد و گفت:

«به موقع آمدی؛ دلم می‌خواهد مهارت مرا تماشا کنی.»

لوری با تقلید ماهرانه صدای آژمان، گفت:

«از دور دیدم. این کار از هر بچه‌ای بر می‌آید.»

اسپروز دمغ شد و گفت:

«فکر می‌کردم کار مهمی انجام می‌دهم، تو مرا ناامید کردی.»

لوری گفت:

«اگر خیلی ادعایت می‌شود، برو دزد عسل‌ها را با کمند بگیر.»

اسپروز با تعجب پرسید:

«دزد عسل؟... کی هست؟»

لوری جواب داد:

«اگر می‌دانستم که، خودم یقه‌اش را می‌گرفتم.»

اسپروز پس از اندکی مکث، با سوءظن به لوری گفت:

«احساس می‌کنم داری با من شوخی می‌کنی.»

صدای جانوشیار از پشت سر به گوش آن دو رسید که گفت:

«نه، شوخی نمی‌کند.»

هر دو متوجه جانوشیار شدند و لوری بی‌اختیار گفت:

«وای! کارم ساخته است.»

اسپروز صدای لوری را شناخت و متوجه کلک او شد و گفت:

«ای کلک!»

لوری با دستپاچگی و طوری که جانوشیار متوجه نشود گفت:

«اسپروز دستم به دامنت جانوشیار نفهمد که منم؛ جان روشنک!»

اسپروز که موقعیت او را درک می‌کرد با حرکت سر به او اطمینان داد. جانوشیار که به کنار آن دو رسید با سوءظن از لوری پرسید:

«چه شده آژمان، انتظار دیدن مرا نداشتی؟»

لوری دوباره با تقلید از صدای آژمان جواب داد:

«اتفاقاً مدتی بود دلم هوای شما را کرده بود.»

جانوشیار لحظه‌ای در چشمان لوری خیره شد. لوری از ترس این که لو رفته باشد، دستپاچه شد و نگاهی به اسپروز که خنده‌اش را کنترل می‌کرد انداخت و سپس همراه با لبخندی نمایشی، دست روی سینه گذاشت و خطاب به جانوشیار ادامه داد:

«اگر امری نیست، بنده با اجازه مرخص شوم.»

لوری قبل از این که جمله‌اش را به آخر برساند، راه افتاد که برود اما جانوشیار با کلامی قاطع از او خواست که بایستد. لوری به ناچار ایستاد، اما از ترس این که مبادا جانوشیار لرزش چانه‌اش را ببیند، رویش را برنگرداند. جانوشیار پیش آمد

و پشت سر لوری ایستاد و گفت:

«با وجود احترامی که برایت قایلم، صاف و پوست کنده باید به سؤال من جواب بدهی.»

لوری که خیالش آسوده شد جانوشیار او را نشناخته است، عضلات چهره‌اش را ورزشی داد و رو به جانوشیار برگشت و گفت:

«در خدمتم.»

جانوشیار از او پرسید:

«خبر داری شب گذشته در محوطه‌ی باغ گل سرخ چه اتفاقی افتاده؟»

لوری جواب داد:

«چیزهایی شنیده‌ام.»

جانوشیار گفت:

«بیشتر توضیح می‌دهم. کسی دیشب به عمد، قسمت اعظم ذخایر عسل را نابود کرده.»

لوری با شوخ طبعی گفت:

«گیرش بیاور تا خودم گردنش را برایت بشکنم.»

جانوشیار غافلگیرانه پرسید:

«تو دیشب در محوطه‌ی باغ گل سرخ چکار می‌کردی؟»

لوری با همان لحن گفت:

«بنده؟»

جانوشیار لنگه کفش را از درون کیسه‌ای که با خود داشت بیرون آورد و نشان لوری داد و پرسید:

«آیا این لنگه کفش را می‌شناسی؟»

دهان لوری از ترس و تعجب باز ماند و به اسپروز نگاه کرد. اسپروز که قبلاً از آژمان شنیده بود که کفش‌هایش را هنگام آب تنی گم کرده است، لبخند از لبانش

رخت بست و به جانوشیار گفت:

«نکند فکر کرده‌ای آن ماجرا کار پدرم بوده؟»

جانوشیار گفت:

«منتظرم خودش توضیح بدهد.»

لوری بی‌معطلی راه گریز در پیش گرفت و ضمن فرار گفت:

«فرار کنم که این کفش به پای من گشادست!»

جانوشیار به سرعت کمند را از دست اسپروز بیرون کشید و در پی لوری دوید و گفت:

«فرار فایده ندارد، فقط جرمت را سنگین می‌کنی.»

کمندی که جانوشیار دور سر چرخاند و به طرف لوری انداخت، او را در حلقه‌ی خود اسیر کرد. لوری زور زد که بگریزد و بر اثر این فشاری که بر او وارد شد، به شکل اصلی خود تغییر کرد. جانوشیار متوجه واقعیت شده و با عصبانیت بر سر او داد کشید:

«تو کی می‌خواهی دست از این مسخره بازی‌ها برداری؟ هوس قرنطینه کرده‌ای؟»

لوری که فهمید هویتش آشکار شده است با تضرع گفت:

«غلط کرده باشم قربان، این فقط یک بازی بود.»

جانوشیار سر کمند را ول کرد و بر سرش داد زد:

«از جلو چشم‌هایم دور شو!»

لوری در حالی‌که همچنان حلقه‌ی کمند، دستان او را به تنه‌اش چسبانده بود، به طرز مضحکی فرار کرد و رفت. جانوشیار برگشت و به پشت سر نگریست و چون اثری از اسپروز ندید، زیر لب با تعجب گفت:

«این پسر کجا رفت؟»

و با کلافگی سرش را خاراند و زمزمه کرد:

«آه! چه روز بد قواره‌ای!»

و اما اسپروزکه با همان دو سه جمله‌ای که شنید بوی توطئه به مشامش رسیده بود، با سرعت و چالاکی جنگل را پشت سر گذاشت و پس از عبور از پل چوبی روی رودخانه خود را به دامنه‌ی کوه رساند و از مسیر باریک و پلکان‌های سنگی آنجا بالا رفت و خود را به کلبه‌ای که محل زندگی او و آژمان بود رساند و در را گشود و نفس‌زنان وارد شد. آژمان پشت میزی چوبی نشسته بود و با قاشقی چوبی از ظرف عسلی که مقابلش بود، پی‌درپی عسل برمی‌داشت و در دهان می‌نهاد. اسپروزکه در آستانه‌ی در ایستاده بود، خیره به آژمان نگاه کرد. آژمان که متوجه آمدن اسپروز شده بود، پس از لحظه‌ای مکث در چهره‌ی اسپروز، با تعجب از حالت نگاه او گفت:

«طور عجیبی نگاهم می‌کنی؛ حق داری. تا به حال ندیده بودی اینطور با ولع عسل بخورم. علت آن‌ست که باید به مقدار کافی نیرو ذخیره کنم، چون باید مدتی آلانان را ترک کنم.»

اسپروز شکاکانه پرسید:

«چرا؟»

آژمان پرِ سیاه و بلند عجیبی را که روی میز قرار داشت نشانش داد و گفت:

«این پر متعلق به کرکس‌های سیاه است.»

اسپروز پیش آمد، پر سیاه را برداشت و نگاه کرد و پرسید:

«کجا پیدایش کردی؟»

آژمان جواب داد:

«حوالی کلبه.»

اسپروز پرسید:

«معنی‌اش چیست؟»

آژمان جواب داد:

«فیلوس کرکس‌ها را به اینجا فرستاده وحدس می‌زنم آنها دوباره برای بردن من آمده‌اند.»

اسپروزکه به چیز دیگری فکر می‌کرد، گفت:

«ولی تو نباید ازآلانان خارج بشوی.»

آژمان که فکر می‌کرد اسپروز به خاطر او نگران است، گفت:

«مدت زیادی طول نمی‌کشد؛ مثل هر دفعه آنها را دنبال خودم می‌کشانم و دست به سرشان می‌کنم.»

اسپروز گفت:

«با این وجود فعلاً تو نباید از اینجا بروی.»

آژمان گفت:

«چرا متوجه نیستی؟ حضورکرکس‌ها برای مردم اینجا خطرناک‌ست. کوچک‌تر بودی، بهتر درک می‌کردی.»

اسپروز پیشانیش را از شدت بلاتکلیفی در پنجه فشرد و گفت:

«درک می‌کنم، ولی...»

آژمان باکنجکاوی پرسید:

«ولی چی؟»

اسپروز روی کنده‌ی تراشیده‌ای نشست و سر را در میان دستان نهاد. آژمان بالای سر او رفت و پرسید:

«اتفاقی افتاده؟»

اسپروز پس از لحظه‌ای سکوت در پاسخ به کنجکاوی او گفت:

«دیشب... به انبار عسل باغ گل سرخ حمله شده و بیشترکندوها نابود شده‌اند.»

آژمان با اطمینان گفت:

«کارکرکس‌هاست، مطمئنم!»

اسپروز سرش را بلند کرد و با لحنی یأس‌آلود گفت:

«ولی لنگه‌ای از کفش تو را آنجا پیدا کرده‌اند، همان که گفتی وقت آب‌تنی گم کردی. جانوشیار در به در به دنبالت می‌گردد.»

آژمان لحظه‌ای جا خورد و سپس لبخندی تلخ در چهره‌اش پدیدار شد و روی کنده‌ی تراشیده‌ای نشست. او برای لحظاتی به اسپروز آشفته حال نگاه کرد و بعد گفت:

«تو که باور نمی‌کنی کار من بوده باشد؟»

اسپروز نگاهی به او کرد و گفت:

«معلوم‌ست که نه؛... به همین خاطر باید بمانی و از حیثیتت دفاع کنی.»

آژمان گفت:

«با این وجود من باید کرکس‌ها را از اینجا دور کنم.»

اسپروز با ناراحتی گفت:

«این موضوع مهم‌تر از کرکس‌هاست؛ اگر بروی، نقشه‌ی آنهایی که می‌خواهند تو را بدنام کنن، به نتیجه می‌رسد.»

آژمان از جا بلند شد و از پنجره به بیرون خیره شد و پس از لحظه‌ای سکوت گفت:

«همه چیز به هم مربوط است... حضور کرکس‌ها در این اطراف... نابود کردن منابع غذایی مردم... و پاپوشی که برای من دوخته‌اند.»

سپس رو سمت اسپروز چرخاند و با کلامی محکم و استوار گفت:

«اسپروز، فیلوس مصمم است که آلانان را هم تابع امیال جاه‌طلبانه‌ی خودش کند. من باید بروم و نقشه‌اش را خنثی کنم.»

اسپروز از جا بلند شد و تا مقابل آژمان پیش آمد و به پایش افتاد و ملتمسانه گفت:

«من این کار را انجام می‌دهم؛ تو بمان و از حیثیتت دفاع کن. خواهش

می‌کنم!»

و هنوز سخن اسپروز به آخر نرسیده بود که نوری شبیه به آذرخش همراه با صفیری مهیب، قسمتی از پنجره را منهدم کرد. آژمان در واکنشی سریع، بازوی اسپروز را گرفت و با خود به کف کلبه غلتاند. آذرخش دوم، باقیمانده‌ی پنجره را منهدم و میز چوبی را به آتش کشید. آژمان گفت:

«کرکس‌ها حمله کردند! عجله کن باید از اینجا خارج شویم، زود!»

هر دو سینه‌خیز تا کنار در رفتند و در آنجا با حرکتی چالاک و سریع بیرون دویدند و خود را به نزدیک‌ترین صخره رساندند و در آنجا پناه گرفتند.

دو آذرخش پی‌درپی درِ کلبه را منهدم کرد و به آتش کشید. آژمان با احتیاط سرک کشید و محل کرکس‌ها را شناسایی کرد. بازوی اسپروز را فشرد و گفت:

«نگاه کن، آنجا هستند.»

اسپروز با احتیاط به سمتی که آژمان اشاره کرده بود نگریست. دو کرکس بزرگ و سیاه بر روی صخره‌ای مشرف بر آنجا نشسته بودند. در یک لحظه دو آذرخش پی‌درپی دیگر قسمتی از سنگ‌های پناهگاه آنان را منهدم کرد. اسپروز گفت:

«جای ما را شناسایی کردند.»

آژمان گفت:

«من از اینجا دورشان می‌کنم، تو فرار کن.»

اسپروز مخالفت کرد و گفت:

«نه! من تو را تنها نمی‌گذارم.»

آژمان اصرار ورزید و گفت:

«نگران من نباش، می‌دانم چطور از پَسشان برآیم.»

اسپروز راضی نشد و گفت:

«من هم کمکت می‌کنم.»

آژمان با تحکم گفت:

«تو باید برگردی و حقیقت را برای آنها توضیح دهی. نمی‌خواهی از حیثیت کسی که بزرگت کرده دفاع کنی؟»

اسپروز در توجیه حرفش گفت:

«ممکن‌ست حرف مرا باور نکنند.»

«باور می‌کنند... اسپروز تا به حال به کسی دروغ نگفته.»

و بعد دست بر شانه‌ی اسپروز گذاشت و گفت:

«به حرفم گوش کن. من سعی می‌کنم آنها را دنبال خودم بکشانم، تا تو بتوانی فرار کنی.»

اسپروز تسلیم خواست آژمان شد و در حالی‌که پرده‌ای نازک از اشک چشمان او را پوشانده بود، گفت:

«قول بده که زود برمی‌گردی.»

آژمان لبخندی زد و گفت:

«مطمئن باش.»

آنگاه محوطه را برای انجام نقشه‌ی خود وارسی کرد و سپس با مهارتی که از سن او بعید به نظر می‌رسید، از پناهگاه بیرون آمد و به سمت صخره‌ای دیگر دوید. چند آذرخش که از چشمان سرخ کرکس‌ها ساطع شد، در اطراف پاهای او حجمی از دود و آتش به پا کرد، اما آژمان موفق شد خودش را به سلامت به پناهگاه بعدی برساند. برای لحظاتی سکوت مستولی شد و چشمان نگران اسپروز به سمت پناهگاه آژمان دوخته شده بود. آژمان نگاهی به جانب محل کرکس‌ها انداخت. آن دو همچنان در بلندی مستقر بودند و سرهاشان به طرز غریبی، حول گردن می‌چرخید و تمام زوایا را شناسایی می‌کرد. آژمان زیر لب زمزمه کرد:

«لعنتی‌ها! بیایید سراغم، اگر جرأت دارید.»

و با نفرت ادامه داد:

«می‌ترسید؟ پس من به سراغ شما می‌آیم!»

و بی‌باکانه از پناه صخره بیرون آمد و دست‌ها را به سمت دو کرکس گشود و داد زد:

«من اینجا هستم لعنتی‌ها!»

کرکس‌ها ضمن پرواز از جایشان، پی‌درپی آذرخش‌ها را به سمت آژمان روانه کردند. آژمان ضِمن جابجایی ماهرانه و دفع آذرخش‌ها، آنان را همراه خود از محوطه دور کرد. اسپروز با نگرانی صحنه را زیر نظر داشت. آژمان ضمن گریز، با صدای بلند خطاب به او گفت:

«اسپروز کاری را که گفتم انجام بده!»

اما اتفاقی افتاد که شرایط را تغییر داد. صخره‌ی بالای سر آژمان مورد اصابت آذرخش قرار گرفت و تکه‌ی جدا شده‌ای از آن به سمت آژمان رها شد که علیرغم تلاش او، بر روی پایش افتاد و وی را از تکاپو باز می‌داشت. کرکس‌ها به سمت او حمله‌ور شدند. اسپروز خطر را احساس کرد و از پناهگاه بیرون دوید. او ضمن پرتاب تکه سنگ‌های کوچک و بزرگ به سمت کرکس‌ها، پی‌درپی فریاد زد:

«با من بجنگید لعنتی‌ها، با من بجنگید!»

کرکس‌ها به جانب اسپروز متمایل شدند و مجالی پیدا شد که آژمان پایش را از زیر تخته‌سنگ بیرون بکشد. او ضمن این کار، با صدای بلند اسپروز را نیز مخاطب قرار داد:

«فرار کن اسپروز، فرار کن؛ تو را نابود می‌کنند.»

اسپروز ضمن جنگ و گریز گفت:

«خودت را نجات بده پدر.»

اسپروز کرکس‌ها را از محوطه دور کرد و آژمان در حالی‌که نگاه به کرکس‌ها داشت، لنگ لنگان به سمت کلبه شتافت و از در فروپاشیده‌ی آن به داخل رفت. کرکس‌ها همچنان در حال تعقیب اسپروز بودند و آذرخش‌های ساطع شده از چشمان سرخ آن دو، صخره مشرف به اسپروز را مورد اصابت قرار می‌دادند و

متلاشی می‌کردند و آواری از سنگ‌های جدا شده بر سر اسپروز فرو می‌ریختند. اسپروز گرچه با مهارت مانع اصابت سنگ‌ها می‌شد ولی در نهایت قطعه‌ی بزرگی او را مجبور به عقب نشینی به سمت پرتگاه کرد و علیرغم تلاش، کنترلش را از دست داد و همراه با فریادی بلند سقوط کرد.

همزمان با سقوط و فریاد اسپروز، آژمان از کلبه بیرون آمد. او در حالی‌که آینه‌ای در دست داشت، نگران از شنیدن صدای فریاد اسپروز، به سمت محل سقوط او دوید که سایه‌ی کرکس‌ها، حضور دوباره‌ی آن دو را بر آسمان بالای سرش اعلام کرد. آژمان با نفرتی وصف‌نشدنی منتظر نزدیک شدن آنها ماند و در زاویه‌ی مناسب، آینه را بالا گرفت و انعکاس نور خورشید را بر چشمان آنان تاباند. تابش نور خورشید در چشمان کرکس‌ها، آنها را منفعل کرد و همراه با جیغ‌هایی عجیب و ترسناک، فراری شدند. آژمان آینه را پایین آورد و بی‌معطلی خود را به محلی که اسپروز افتاده بود رساند.

اسپروز بیهوش، در ساحل رودخانه افتاده بود و جریان آب از روی پاهایش عبور می‌کرد. آژمان کنار او زانو زد و گوشش را به سینه‌ی او چسباند. صدای تپش قلب اسپروز موجب خوشحالی آژمان شد و در حالی‌که خداوند را سپاس می‌گفت، با قدرت و چابکی، او را برکول افکند و با خود برد. مقصد او امن‌ترین جایی بود که برای پسرخوانده‌ی عزیزتر از جانش سراغ داشت، یعنی خانه‌ی آوه.

در خانه‌ی آوه، روشنک پشت دار قالیبافی نشسته بود و قالی می‌بافت. بازی لطیف سر انگشتان او با تارهای قالی، نوایی موزون پدید آورده بود و نقش پر رنگ و نگار درختانی زیبا در قالی به طرز شگفت‌انگیزی بافته می‌شد. در همین هنگام صدای وزش تندبادی به گوشش رسید و شاخ و برگ درختان نقش قالی را به تکان درآورد. روشنک ناخودآگاه به سمت درِ کلبه نگریست. درِ کلبه بر اثر هجوم تندبادی از بیرون به شدت گشوده شد .هجوم باد کلاف‌های رنگین را بر دار قالی به نوسان درآورد و ارتعاشات آهنگین ایجاد کرد. روشنک از جا برخاست

و در حالی‌که دست را سپر صورت خود کرده بود با دشواری، و در جهت وزش تندباد که خار و خاشاک را نیز به درون می‌راند، به سمت در کلبه رفت و در آستانه در، بیرون را نگاه کرد و از پشت پرده‌ی مِهی که بازیچه تندباد بود جسم بیهوش اسپروز را بر روی علفزار دید و بی‌اختیار جیغ کشید.

فاصله‌ی بین جیغ روشنک و تجمع مردم زمان چندانی طول نکشید و پس از حضور آوه، اسپروز به درون خانه منتقل شد و روشنک پرستاری از محبوبش را به عهده گرفت. آوه دستور داد که تلیمان طبیب را در هر کجا هست پیدا کنند و به بالین او بیاورند. جانوشیار که در آنجا حاضر بود، درازا و پهنا و عمق جای پایی را که روی زمین بود با دقت نگاه کرد و سرش را با تأسف جنباند. آوه که بر کار او نظارت داشت، نتیجه را از او جویا شد. جانوشیار گفت:

«متأسفانه باید بگویم، این جای پا نیز به احتمال بسیار متعلق به آژمان است و با شهادت زنی که از دور او را در حال حمل اسپروز دیده است مطابقت دارد. به این ترتیب او جسم بیهوش اسپروز به اینجا آورده و رها کرده است. به چه دلیل، معلوم نیست.»

سپس با نگاه به چهره‌ی اندیشناک آوه پرسید:

«چه دستور می‌دهید قربان؟»

آوه پس از کمی فکر جواب داد:

«پیدایش کن؛ او باید پاسخی برای این سؤال‌ها داشته باشد.»

جانوشیار باز هم پرسید:

«توی قرنطینه قربان؟»

آوه با کلافگی جواب داد:

«هر جا که لازمست.»

جانوشیار که علت کلافگی او را درک می‌کرد دیگر چیزی نپرسید.

از آن طرف شنبلید که توطئه‌اش را با موفقیت عملی کرده بود، به سراغ

بیدرفش رفت.

باد و بوران شدید بود و درخشش پی‌درپی برق آسمان و متعاقب آن غرش رعد، غوغایی به پا ساخته و همه را به خانه‌هایشان فراری داده بود. این هوای طوفانی مانع حرکت اسب‌ان گردونه‌ی حامل شنبلید بود و تازیانه گردونه‌ران، دایماً بر گرده‌ی اسب‌ها فرود می‌آمد و آنها را وادر به جلو رفتن می‌کرد و به همین ترتیب گردونه را تا کنار کلبه‌ی بیدرفش پیش راند. شنبلید در حالی که خود را در شنل بلندی پوشانده و سعی در ناشناس ماندن داشت، پیاده شد و عصا به دست به سمت کلبه رفت و با عصا سه ضربه به در کلبه زد. پس از لحظه‌ای کوتاه، در کلبه آهسته گشوده شد و قسمتی از چهره‌ی بیدرفش نمایان گشت و با لبخندی مکارانه گفت:

«شمایید بانو، خوش آمدید!»

و در را بروی او گشود تا وارد شود و بعد نگاهی به اطراف افکند و پس از اطمینان از این که کسی در آن اطراف نیست، در کلبه را بست. شنبلید یک راست به سمت صندلی و میزی که کنار بخاری دیواری برای پذیرایی مهیا شده بود رفت و شنل و عصا را به جارختی کنار صندلی آویخت و صندلی را در جهت بخاری برگرداند و نشست. بیدرفش از کوزه‌ای که روی میز بود در کاسه عسل ریخت و چاپلوسانه گفت:

«دیر کردید بانو، داشتم دلواپس می‌شدم.»

شنبلید که با دیدن عسل، آب از لب و لوچه‌اش سرازیر شده بود، بی‌توجه به سخن بیدرفش گفت:

«چه عسلی! مدت‌ها بود که حسرت چنین لحظه‌ای را داشتم.»

و با ولع و با کمک انگشتان، شروع به لیسیدن محتوای ظرف کرد. بیدرفش ضمن تماشای او گفت:

«واقعاً انصاف نیست، موجودات زحمتکشی مثل ما، با وجود اشتهای کافی،

مجبور به قناعت باشیم. این گناه ما نیست که معده‌هایمان گشاد است.»

در اثر نوشیدن عسل، نشاطی به شنبلید دست داده بود که سراپا اشتیاق، کاسه‌ی خالی را به سمت بیدرفش درازکرد و با تمناگفت:

«باز هم بریز، اگر مرا در دریای عسل غرق کنند، سیر نمی‌شوم.»

بیدرفش با شیطنت گفت:

«شماکه خود بر دریای عسل کشتی می‌رانید، ناخدا!»

شنبلید که تشنه‌ی خوردن عسل بود، گفت:

«برای من جملات شاعرانه بلغور نکن، آنجا مأموران جانوشیار حساب و کتاب هر قطره‌اش را دارند.»

و با لحنی آمرانه ادامه داد:

«بریز من فرصت زیادی ندارم.»

بیدرفش که به منافع خودش فکر می‌کرد، با لحنی کاملاً جدی گفت:

«خیلی خوب، کمی جدی باشیم... بنده تن به خطر ندادم که فقط شکمبه‌ی جنابعالی را شیرین کنم. قراردادی داریم که باید بند به بند اجرا بشود. بند اول این بود که من برای ارضای شکم‌چرانی مخفیانه‌ی شما و هم دیگر اهدافتان، به انبار عسل دستبرد بزنم که زدم و هنوز جای نیش زنبورها می‌سوزد. حالا وقت عمل به بند دوم قرارداد است.»

شنبلید کلافه و کم حوصله گفت:

«بسیار خوب، کم نق بزن. من برای اجرای بند دوم آماده‌ام.»

بیدرفش لبخندی زد و گفت:

«این شد حرف حسابی!»

شنبلید از کلبه بیرون رفت و کمی بعد با یک جعبه‌ی بلورین عجیب و غریبی برگشت و گفت:

«این دستگاه که قابلیت تولید انواع محصولات مولود تخم از حشره تا خزنده

و پرنده را دارد، هدیه‌ایست از طرف فیلوس بزرگ.»

آب از لب و لوچه‌ی بیدرفش جاری شده بود. شنبلید دستگاه را به بیدرفش داد و گفت:

«بگیر. اگر عرضه داشته باشی، می‌توانی آنقدر جوجه بخوری که بترکی.»

بیدرفش دستگاه را گرفت و در حالی‌که با شعف به آن نگاه می‌کرد، گفت:

«حالا فقط مشکل چند تخم است که باید گیر بیاورم، بعد از آن مرغ‌های نازنین ساخت خودم، برایم تخم‌های دو زرده می‌گذارند. همین امشب ترتیب کار را می‌دهم.»

شنبلید طلب عسل کرد و گفت:

«بریز! پُر... پُرِ پُر!»

بیدرفش بر خلاف خواست شنبلید، در کاسه تا نیمه عسل ریخت و گفت:

«قناعت کنید بانو. جشن بعدی را در روز تولید اولین محصول دستگاه، مفصل‌تر برگزار می‌کنیم.»

و به این ترتیب ارضای شکم‌چرانی شنبلید را منوط به عملی شدن کار دستگاه جوجه‌کشی کرد. شنبلید اعتراضی نکرد و به صندلی تکیه داد و با لذت مشغول خوردن عسل شد. بیدرفش در حالی‌که کوزه عسل و دستگاه را در صندوقچه‌ای که درون سوراخی در دیوار که با قاب عکسی از جانوشیار استتار شده بود، جاسازی می‌کرد، سرخوشانه آواز سر داد و کمر جنباند. شنبلید سرمست از نوشیدن عسل، او را تشویق کرد و گفت:

«خوش باش دوست عزیز! دوستان ما در سرزمین داج چشم امید به ما دوخته‌اند. من... و تو!»

بعد از رفتن شنبلید، بیدرفش صبر نکرد که شب برسد و در همان طوفان و بوران خودش را به جنگل رساند و خمیده و از لابلای بوته‌ها به لانه‌ی پرنده‌ای نزدیک شد. پرنده‌های آن لانه و دیگر پرندگان آن حوالی که با شبیخون‌های

بیدرفش آشنا بودند، وحشت‌زده به پرواز در آمدند و از لانه‌هایشان گریختند.

بیدرفش خطاب به پرندگان و با لحنی پیروزمندانه گفت:

«فرار کنید، تا جایی که نفس دارید فرار کنید که بیدرفش دیگه احتیاجی به هیکل قناس هیچکدامتان ندارد. او در عوض دستگاهی دارد که زحمت بزرگ کردن جوجه‌ها را از دوشتان برمی‌دارد.»

بعد قاه قاه خندید و قصد برداشتن تخم‌های درون لانه را داشت که همزمان احساس کرد چشمانی ناظر اوست. سرش را آهسته برگرداند و دید که الاغی پشت سر او ایستاده و به او می‌نگرد. با اخم خطاب به الاغ گفت:

«تو از کجا پیدا شدی؟ چرا به من زل زده‌ای؟»

الاغ با ناز، رویش را به سمت دیگر برگرداند. بیدرفش با تمسخر گفت:

«ناز هم می‌کند!»

بیدرفش دوباره قصد برداشتن تخم‌ها را داشت، که متوجه شد الاغ باز هم به او زل زده است. بیدرفش از جا بلند شد و به سمت الاغ رفت و با دو انگشت پلک چشمان الاغ را بست و گفت:

«با اجازه‌ی اربابت، چشم‌های تو را می‌بندم؛ درست است که زبان بسته‌ای، ولی آن جانوشیار خبیث، زبان هر زبان بسته‌ای را هم باز می‌کند.»

بعد از این کار، با عجله تعدادی از تخم پرندگانی را که از لانه گریخته بودند و در همان حوالی سر و صدا می‌کردند، برداشت و شتابان به کلبه برگشت و تخم‌ها را درون دستگاه چید و مقابلش نشست و در حالی‌که دست‌ها را زیر چانه گذاشته بود، با اشتیاق چشم به آنها دوخت. در همین هنگام ضرباتی که پی‌درپی به در کلبه زده می‌شد او را از جا پراند و با عجله دسته‌ی اهرمی را که در زیر میز جاسازی شده بود، چرخاند. دستگاه جوجه‌کشی از زمین بلند شد و حول محورش چرخید و در حفره‌ی درون دیوار فرو رفت. در این حالت تصویر بزرگ جانوشیار بر روی سطح زیرین دستگاه پدیدار بود. ضربات محکم همچنان به در زده می‌شد.

بیدرفش در حالی‌که لحنی خواب‌آلوده به خودگرفته بودگفت:

«نشکن بابا، نشکن!... آمدم!»

بعد رفت و در راکه بازکرد. شنبلید که پشت در بود و برای زدن ضربه‌ای دیگر با عصا، نیرو ذخیره کرده بود، با بازشدن در تعادلش را از دست داد و به درون کلبه سکندری خورد و ضربه‌ی عصایش نصیب پیشانی جانوشیار در قاب روی دیوار شد.

بیدرفش با شیطنت گفت:

«وای بحال ما اگر جانوشیار بفهمد چه ضربتی خورده است.»

شنبلید کنار بخاری نشست وگفت:

«شوخی یا جدی دیگر لازم نیس از کسی بترسی. من و تو به زودی روزهای خوبی خواهیم داشت.»

بیدرفش کنجکاو شد وگفت:

«انگار خبر خوبی داری، بگو.»

شنبلید کف دو دست را به هم مالید وگفت:

«آژمان فراری است و آن دست پرورده‌ی پهلوانش هم نفس‌های آخر را می‌کشد. بیچاره‌ها دست به دامن تلیمان طبیب شده‌اند و خبر ندارند که من او را با ترفند به جایی فرستاده‌ام که دست بنی‌بشر به او نرسد و این همه از شجاعت تو حاصل شده است.»

بیدرفش با فرصت طلبی پرسید:

«چه نصیبم می‌شود؟»

شنبلید دست در جیب کرد و به سرعت بیرون آورد وگفت:

«نصیب تو این می‌شود!»

و مشتش را بازکرد و مُهری راکه نشانه‌ای شبیه به داغ پیشانی روشنک بر آن حک شده بود نشان داد وگفت:

«مُهرِ فیلوس بزرگ!»

بیدرفش ناباورانه پرسید:

«حقیقت دارد؟»

شنبلید مهر را مقابل چشم بیدرفش گرفت و گفت:

«البته که دارد. تو از امروز یکی از کارگزان فیلوس بزرگی و با داشتن این مهر، اگر روزی مجبور به ترک آلانان بشوی، هر جا که پا بگذاری مثل یک شاهزاده ازت استقبال می‌کنن.»

چشمان بیدرفش از خوشحالی گرد شد، مهر را گرفت و پس از آن که لحظه‌ای به آن خیره نگریست، نعره‌ای شادمانه سر داد و به رقص و پایکوبی مشغول شد و خبر نداشت که همان الاغ کذایی، از درز در ناظر ماجراست.

و در همان زمان که شنبلید و بیدرفش سرمست از پیروزی بودند، آوه با عجله خودش را به کلبه‌ی آژمان که توسط نگهبانان حفاظت می‌شد، رساند و از درِ نیمه ویران وارد کلبه شد. آنجا، جانوشیار مشغول تفحص در کتابچه‌اش بود. آوه اوضاع آشفته‌ی کلبه را از نظر گذراند و از جانوشیار پرسید:

«اینجا چه خبر است جانوشیار؟»

جانوشیار جواب داد:

«اوضاع را که مشاهده می‌کنید.»

آوه گفت:

«آره، حسابی به هم ریخته.»

جانوشیار گفت:

«جالب، این چیزی است که پیدا کرده‌ام.»

آوه به پرِ سیاه و نیم‌سوخته‌ی کرکس که جانوشیار نشانش داد، نگاه کرد و با کنجکاوی پرسید:

«چه هست؟»

جانوشیار جواب داد:

«پرِ موجود خبیث تحت فرمان فیلوس، کرکس سیاه!»

آوه پر سیاه را از دست جانوشیار گرفت و با دقت بیشتری به آن نگاه کرد و پرسید:

«در مجموع چه نتیجه‌ای می‌شود گرفت؟»

جانوشیار پشت گوشش را خاراند و جواب داد:

«موضوع کمی پیچیده شده؛ ابتدا به ذخایر عسل شبیخون زده می‌شود، بعد اسپروز را در آن وضعیت پیدا می‌کنیم و در هر دو مورد رد پای آژمان دیده می‌شود. حالا هم در کلبه‌ی ویران شده‌ی او، پرِ کرکس سیاه پیدا کرده‌ایم... واقعاً چه نتیجه‌ای می‌شود گرفت؟»

آوه که سخنان جانوشیار نگرانش کرده بود، گفت:

«آژمان را پیدا کن، من نگران جان او هستم.»

در همین هنگام نگهبانی نفس‌زنان وارد کلبه شد و خبر داد که آژمان از آلانان گریخته است.

جانوشیار عکس‌العمل تندی نشان داد و به نگهبان گفت:

«چرا گذاشتید فرار کند بی‌عرضه‌ها؟»

نگهبان با شرمندگی جواب داد:

«سعی کردیم، ولی نتوانستیم.»

آوه که بیشتر به سلامت آژمان می‌اندیشید، از نگهبان پرسید:

«او در چه وضعی بود؟ حالش خوب بود؟»

نگهبان جواب داد:

«کمی می‌لنگید، ولی مثل همیشه چابک و قوی بود. ما حتی نتوانستیم به گَردَش برسیم.»

آوه خوشحال شد، اما سعی کرد که جلو نگهبان بروز ندهد، ولی وقتی که او

رفت خشنودیش را علنی کرد و گفت:

«خوشحالم جانوشیار.»

جانوشیار علت خوشحالی آوه را می‌دانست، ولی با این وجود پرسید:

«بابت چه چیز قربان؟»

«معلوم‌ست، ازین‌که آژمان سالم است... ولی در عین حال گیج شده‌ام.»

جانوشیار گفت:

«من از شما گیج‌ترم.»

آوه حرف او را باور نکرد و گفت:

«دروغ نگو جانوشیار؛ تو همیشه نکته‌ای برای گفتن داری.»

جانوشیار فرق سرش را خاراند و گفت:

«شاید، ولی تا مطمئن نشوم ترجیح می‌دهم فعلاً سکوت کنم.»

آوه پرکرکس را به جانوشیار برگرداند و گفت:

«به هر حال به دو مورد حتماً باید رسیدگی شود؛ نخست از روشنک مراقبت بیشتری به عمل آید. دیگر این‌که این تلیمان طبیب را هر چه زودتر پیدا کنید تا اسپروز را مداوا کند. او اگر به هوش بیاد، خیلی از ابهامات روشن می‌شود.»

جانوشیار سری تکان داد و گفت:

«و مورد سوم این‌که، چرا آژمان از آلانان فرار کرد؟»

• • •

اما کسی که فرارش فکر آوه و جانوشیار را به خود مشغول کرده بود، پس از ترک آلانان، تا طلوع خورشید از رفتن بازنایستاد و پس از ایجاد فاصله‌ای مطمئن با آلانان در پناه تخته‌سنگی کنار چشمه، نشست تا مچ پای مجروحش را زخم‌بندی کند. اندکی بیش نگذشت که ترنم آرام بخش عبور آب در چشمه، تحت‌الشعاع صدای عجیبی قرار گرفت که شبیه خرد شدن گیاهان خشک در زیر سنگی غلتان بود و هر لحظه بر دامنه و حجم آن افزوده می‌شد. کنجکاوی آژمان را وا داشت که از

جا برخیزد و در جستجوی منشأ صدا از تپه سبزی که در دامنه‌اش نشسته بود بالا رود. در فراز تپه به دشت وسیع آن سو نگریست و دهانش از تعجب بازماند. دشت پوشیده از ملخ‌های سیاهی بود که گندم‌زار زیر آرواره‌هایشان جویده می‌شد.

خطر بزرگی که آلانان را تهدید می‌کرد موجب شد که آژمان تمام دلایلی را که به خاطر آن آلانان را ترک کرده بود به دست فراموشی بسپرد و با شتاب راه رفته را بازگردد. نگهبانان بر سر دیوار مرزی در حال گشت زنی بودند. آژمان پنهان از دید آنان با مهارت کمند افکند و از دیوار بالا رفت و با جهشی بلند، در آن سوی دیوار فرود آمد و متوجه نشد که مرزبانان عمداً عکس‌العملی نشان ندادند و فوری با کمک آتش و دود، ورود او به آلانان را به اطلاع جانوشیار رساندند.

وقتی که آژمان به جنگل‌های اطراف آلانان رسید، سعی کرد که در نهایت احتیاط خود را به محل اقامت آوه برساند و خبر نداشت که هر لحظه و به طور مخفیانه تحت نظر است و با پای خود به تله‌ای که برایش تدارک دیده‌اند نزدیک می‌شود. وقتی که به محوطه‌ای خالی از درخت رسید، لحظه‌ای شک کرد و ایستاد و به اطراف نگاه کرد و درست در همان لحظه فرمان عملیاتی صادر شد و پیش از هر واکنشی از جانب او، تور بزرگی از درخت بالای سرش فرو افتاد و وی را در دام افکند و بالا کشید و میان زمین و آسمان معلق کرد و در پی آن جانوشیار از مخفیگاه بیرون آمد و او را مخاطب قرار داد:

«متأسفم آژمان. متأسفم که اینطور از تو استقبال می‌کنیم. چاره‌ای نداشتیم. خودت خوب می‌دانی که در آلانان، هر متهمی باید در قرنطینه از خودش دفاع کند. فرارت از آلانان، مرا مجبور کرد که اینطوری دستگیرت کنم. این بمنزله‌ی دشمنی ما با تو نیست.»

آژمان با صدای بلند گفت:

«گوش کنید جانوشیار، من برنگشته‌ام که بیگناهی‌ام را ثابت کنم. اگر رفتم بخاطر آلانان بود، حالا هم که برگشته‌ام به همین دلیل بوده. جانوشیار، خطر

بزرگی آلانان را تهدید می‌کند و من باید آوه را ببینم.»

جانوشیار قانون را به او یادآور شد وگفت:

«او در قرنطینه، حتماً حرف‌های ترا می‌شنود، البته بعد از این که به سؤال‌های من پاسخ دادی.»

آژمان کسر شأن ندانست که به خواهش متوسل شود وگفت:

«پس خواهش می‌کنم، پیغامی را از من به اسپروز برسان.»

جانوشیار گفت:

«فراموش کن؛ اسپروز در وضعی نیست که پیغام ترا بشنود.»

تکرار نومیدانه‌ی خواسته‌ی آژمان، تأثیری در تصمیم جانوشیار نداشت و او به مأمورینش دستور داد که آژمان را به قرنطینه ببرند.

لوری که در این دو روز برای سر در آوردن از ماجرا لحظه‌ای از جانوشیار غافل نشده بود، اکنون نیز از پشت بوته‌ای بزرگ ناظر و شاهد دستگیری آژمان و گفتگوی بین او و جانوشیار بود. او در پایان ماجرا، سری به تأسف تکان داد و در دل گفت:

«ای لوری بدشانس، آرزوی رسیدن به درخت آرزو را به گور ببر!»

بعد از انتقال آژمان به قرنطینه، جانوشیار رفت که خبر دستگیری او را به آوه بدهد. آوه افسرده و غمگین بر روی تخته‌سنگی در کنار رودخانه نشسته بود. او که قبلاً از ورود آژمان به آلانان مطلع شده بود و اکنون حدس می‌زد که جانوشیار به چه علت نزد او آمده است، قبل از این که وی حرفی بزند، با صدایی گرفته پرسید:

«بالاخره دستگیرش کردید؟»

جانوشیار سرش را در تأیید سخن او تکان داد. آوه پرسید:

«چه توضیحی داشت؟»

جانوشیار جواب داد:

«هنوز سراغش نرفته‌ام.»

آوه آهی کشید و گفت:

«جانوشیار، نمی‌توانم پنهان کنم که امروز تلخ‌ترین روز زندگی من‌ست.»

جانوشیار که احساس او را درک می‌کرد، گفت:

«امیدوار باشیم که سرِ نخی به دست بیاید و بی‌گناهی او را ثابت کند.»

در این اوقات، بیدرفش هم بیکار نمانده بود و با اطمینان از این که سر جانوشیار در جای دیگری گرم است، با خیالی راحت به لانه‌ی پرندگان دستبرد می‌زد و با ولع هرچه تمام برای دستگاه جوجه‌کشی‌اش تخم جمع‌آوری می‌کرد. در حین یکی از این عملیات، او در حالی‌که سینه‌خیز به لانه‌ی پرنده‌ای در میان بوته‌ها نزدیک می‌شد، صدای لوری در همان حوالی توجه‌ش را جلب کرد و خودش را به نزدیک او رساند.

لوری در محلی که آژمان در آنجا دستگیر شده بود، روی تخته‌سنگی ایستاده بود و مانند یک هنرپیشه اجرای نقش می‌کرد:

«ای فرشته‌ی شانس. ای پریِ دست نیافتنی به این لوری همیشه بدشانس، فرصت بهروزی عنایت کن و به این آخرین تیرِ ترکش، رسمِ بر هدف نشستن بیاموز و مرا در دستیابی به سیب درخت آرزو یاری کن!»

و با پایین کشیدن کلاهش بر چهره، با یک حرکت تبدیل به جانوشیار شد و از روی تخته‌سنگ پایین آمد و به طرف محل قرنطینه به راه افتاد.

بیدرفش که از پسِ شاخ و برگ درختان ناظر کارهای لوری بود، سری تکان داد و با خود گفت:

«دلقک هزار چهره، حتی اگر یک ساعت از عمرم باقی مانده باشد، سر از کارت در می‌آروم!»

زندان قرنطینه، گودالی نسبتاً عمیق بود که ورود و خروج از آنجا بوسیله‌ی اتاقکی متحرکی که توسط ریسمان به پایین و بالا هدایت می‌شد، صورت می‌گرفت. آژمان در انتهای گودال، زانوی غم در بغل داشت که دید اتاقک

متحرک پاییـن آمـد و جانوشیار از آن خـارج شـد و بی‌معطلی بـه او گفت:

«من از جانب تو چه پیغامی را باید به اسپروز برسانم؟»

آژمان از شنیدن این حرف خوشحال شد و گفت:

«می‌دانستم که به من جواب رد نمی‌دهی.»

جانوشیار گفت:

«البتـه فکر نکنی کار سـاده‌ای است؛ اسپروز نـه با کسی حرف می‌زند، نـه حرف کسی را گوش می‌کنـد.»

آژمان گفت:

«امـا به حرف تو گوش می‌دهـد، به شـرط این‌کـه ایـن جمله را بگویی... روز در میانـه شب می‌شـود.»

جانوشیار جملـه‌ای را که آژمان بر زبان آورد چند بار تکرار و بعد گفت:

«می‌دانی مـن بـا قبـول این پیشـنهاد، قانون را زیـر پا می‌گذارم؟ حتی ممکن است مجبور بشـوم آلانان را بـرای همیشـه تـرک کنـم.»

آژمان از این حرف او تعجب کرد. جانوشیار سرش را خاراند و گفت:

«منظـورم ایـن است که تو... چیـزی در اختیار داری کـه می‌تواند باقیمانده‌ی عمر یک مأمور خائن را تضمیـن کنـد.»

آژمان با کنجکاوی در چهره‌ی او دقیق شد و جانوشیار ادامه داد:

«شنیده‌ام نقشه‌ی محل درخت آرزو را داری.»

آژمان کمی بیشـتر در چهره‌ی جانوشیار دقت کرد و بعد انگشتش را بر فرق سـر او نهاد و فشـار داد. چهـره‌ی جانوشیار در زیر فشار انگشت قوی آژمان چروک برداشت و تبدیل به لوری شد. آژمان لبخندی زد و گفت:

«فکر نمی‌کردم تو باشی.»

لوری که نقشـه‌اش با شکسـت مواجه شـده بود، فوری دوبـاره خودش را به جانوشیار تبدیل کرد و نومیدانه گفت:

«باورکن مجبور به این کار بودم؛ من به آن نقشه احتیاج دارم.»

آژمان گفت:

«می‌دانی که خوردن تنها میوه‌ی این درخت فقط بزرگترین آرزوی صاحبش را برآورده می‌کند؟»

لوری گفت:

«شنیده‌ام.»

آژمان گفت:

«و می‌دانی که خیلی‌ها در چند قدمی این درخت از چیدن آن میوه باز مانده‌اند؟»

لوری باکنجکاوی پرسید:

«چرا؟»

آژمان در توضیح سخن خود گفت:

«بعضی از وحشت این که بعد از چیدن میوه، بزرگترین آرزویشان تغییر کند. و بعضی سردرگم در انتخاب بزرگترین آرزو، هرگز به میوه‌ی درخت آرزو دست نزدند.»

لوری که خیالش از بابت خود راحت بود، با آسودگی خاطر گفت:

«و در حقیقت این میوه روی شاخه باقی مانده که به دست لوری بزرگ چیده بشود.»

آژمان گفت:

«درین صورت نقشه را به تو می‌دهم.»

لوری ناباورانه و هم مشتاق پرسید:

«واقعاً؟»

آژمان با اطمینان جواب داد:

«آره. به شرطی که پیغام مرا به اسپروز برسانی.»

لوری دستش را پیش برد و گفت:

«قول می‌دهی؟»

آژمان دست او را فشرد و گفت:

«قول می‌دهم.»

•••

ساعتی بعد، وقتی که گردونه‌ی تلیمان طبیب در محوطه خانه‌ی آوه توقف کرد، فقط بیدرفش که در تمام این اوقات لوری را زیر نظر داشت، می‌دانست که این پیرمرد خپل و کوتاه‌قدی که گردونه را هدایت می‌کند کسی است که دارد نقش تلیمان را بازی می‌کند.

خانه‌ی آوه به واسطه‌ی حضور روشنک و اسپروز توسط نگهبانان محافظت می‌شد. فرمانده‌ی نگهبانان با دیدن تلیمان جلو دوید و گفت:

«سلام بر تلیمان بزرگ، منتظرتان بودیم.»

تلیمان قلابی از گردونه پیاده شد و توبره‌ی طبابت را بر شانه افکند و ضمن رفتن به طرف خانه غرولندکنان گفت:

«این پسر چه بلایی سر خودش آورده؟»

او در خانه همین سؤال را از روشنک که غمگین در کنار بستر اسپروز ایستاده بود پرسید و چون جوابی نشنید، در ادامه به او گفت:

«تو بالاخره نمی‌خواهی زبان بازکنی دختر؟»

و چون باز هم جوابی جز نگاه اندوهبار او نگرفت، سری تکان داد و گفت:

«غصه نخور، تلیمان بزرگ او را به حرف می‌آورد، مشروط به این که تو بیرون بروی، تا من کارم را انجام بدهم.»

و چون متوجه شد که روشنک قصد بیرون رفتن ندارد، با تحکم ادامه داد.

«یا تو بیرون می‌روی، یا من... کدام یک برویم؟»

روشنک سری به نشانه‌ی اطاعت فرود آورد و لوری او را تا کنار در مشایعت کرد و بعد از بستن در، به طرف بستر اسپروز برگشت و دهانش را به گوش او نزدیک کرد

و گفت:

«خوب به این جمله‌ای که می‌گویم گوش کن... روز در میانه شب می‌شود...
روز در میانه شب می‌شود.»

حالت چهره‌ی اسپروز از شنیدن جمله‌ی فوق دگرگون شد و به طرز عجیبی
به هوش آمد و با دیدن تلیمان طبیب روی سر خود، از او پرسید:

«این جمله را از کی شنیدی؟»

لبخندی شادمانه بر لبان لوری نقش بست و جواب داد:

«از کسی که منتظرست به دیدنش بروی.»

اسپروز با سوءظن پرسید:

«او الان کجاست؟»

لوری یک لحظه فراموش کرد که دارد نقش چه کسی را بازی می‌کند و با
صدای خودش گفت:

«تلیمان تو را پیش او می‌برد.»

و همین کافی بود که اسپروز در چهره‌ی او دقت کند و بگوید:

«تو تلیمان بزرگ نیستی.»

لوری که فهمید ماهیتش را لو داده است، تبدیل به خودش شد و گفت:

«لوری بزرگ که هستم.»

از دیدن لوری تبسمی بر لبان اسپروز نقش بست و خواست چیزی بگوید که
لوری با اشاره‌ی انگشت او را به سکوت دعوت کرد و گفت:

«بلند شو، فرصت زیادی نداریم؛ باید پیش آژمان برویم.»

آن دو که از خانه‌ی آوه بیرون آمدند، پیش از همه روشنک به استقبال آنها
آمد. او از این که می‌دید اسپروز با پای خود بیرون آمده‌است خوشحال بود
و این خوشحالی را با وجودی که نمی‌توانست بیان کند، به هر شکل ممکن،
نشان داد.

لوری که دوباره در غالب تلیمان طبیب فرو رفته بود، خطاب به فرمانده نگهبانان گفت:

«این از اسپروز شجاع شما؛ صحیح و سالم!... حالا هم می‌خواهم شخصاً او را پیش آوه ببرم که مشتاقانه منتظر دیدن اوست. روز همگی به خیر!»

او این را گفت و فوری زیر بازوی اسپروز را گرفت و با خود به سمت گردونه برد و سوار کرد و بلافاصله بر مسند هدایت اسب‌ها نشست و هی کرد و از محوطه دور شدند. بیدرفش که در تمام این مدت بازیگری لوری را زیر نظر داشت، بر سر راه آنها در پشت تنه‌ی قطور درختی کمین کرد و لحظه‌ای که گردونه از کنار درخت می‌گذشت، با چالاکی به پشت آن آویزان شد و خود را در موقعیتی قرار داد که صحبت‌های اسپروز و لوری را بشنود. اسپروز به لوری گفت:

«دعا کن شنبلید نفهمیده باشد گردونه‌اش را بی‌اجازه آورده‌ای.»

لوری با خونسردی جواب داد:

«اگر هم بفهمد خیالی نیست؛ نقطه ضعفی ازش سراغ دارم که اگر بداند، تنش می‌لرزد.»

بیدرفش در پشت گردونه سخن لوری را شنید و در فکر فرو رفت که او چه نقطه ضعفی از شنبلید سراغ دارد و ترسید که مبادا به خودش نیز مربوط باشد، ولی در نهایت شانه‌اش را بالا انداخت و در دلش گفت:

«گور بابای شنبلید بانو، می‌خواهم سر به تنش نباشد!»

اسپروز از لوری پرسید:

«نگفتی چطور وارد قرنطینه بشوم؟»

لوری جواب داد:

«آسان است، به شرطی که دلش را داشته باشی.»

اسپروز با خنده گفت:

«بگو، سعی می‌کنم داشته باشم.»

«کلاه مرا بردار.»

«چرا؟»

«بردار، بگذار سرت توضیح می‌دهم.»

اسپروزکلاه را از سرلوری برداشت و بر سر خودش نهاد و پرسید:

«بعدش باید چکارکنم؟»

«بکش پایین روی صورتت و همزمان اراده کن که جانوشیار باشی.»

«ولی این کار فقط از تو بر می‌آید.»

«از تو هم بر می‌آید، به شرطی که اراده کنی.»

اسپروز پس از کمی مکث گفت:

«امتحانش می‌کنم.»

اسپروز با یک حرکت کلاه را بر صورت کشید. برای لحظاتی هیچ تغییری در او پدید نیامد و لوری داشت ناامید می‌شدکه به یکباره استحاله آغاز شد و اسپروز آرام آرام تبدیل به جانوشیار شد. از لبخندی که بر لبان لوری نشست، اسپروز فهمید که اتفاقی افتاده است و به همین دلیل باکنجکاوی پرسید:

«من عوض شدم؟»

لوری با خنده گفت:

«حرف ندارد... تو و جانوشیار الان مثل کدویی می‌مانید که از وسط نصف کرده باشند.»

اسپروز محکم به پشت لوری کوبید و گفت:

«لوری، تو با داشتن این کلاه، آرزوی دیگری هم داری؟»

لوری پس از کشیدن آهی بلند، با حسرت گفت:

«آره... آرزویی که کلیدش فقط در دست آژمان‌ست.»

اسپروز لبخندی زد و گفت:

«من می‌دانم آن کلید چیست.»

بیدرفش که در پشت گردونه سخنان آن دو را می‌شنید، با نفرت زیر لب نجوا کرد:

«من هم می‌دانم، قورباغه!»

پس از طی مسافتی، در نزدیک‌ترین فاصله با محل قرنطینه، اسپروز از گردونه پیاده شد و خودش را به دروازه‌ی حصارگودال قرنطینه رساند. سرنگهبان با دیدن او، با صدای بلند گفت:

«دروازه را بازکنید، جناب جانوشیار برای بازجویی آژمان آمده.»

دو نگهبان محور را چرخاندند و دروازه باز شد. اسپروز وارد شده و با عجله خود را به گودال قرنطینه رساند و وارد اتاقک متحرک شد تا به درون گودال فرستاده شود. با صدایِ چرخش قرقره، آژمان متوجه آمدن او شد و صبر کرد که بفهمد آیا خود جانوشیار است یا لوری و وقتی که فهمید اسپروز است، از خوشحالی لبریز شد و گفت:

«خوشحالم که تو را سلامت می‌بینم. خیلی نگرانت بودم.»

اسپروز گفت:

«فرصت زیاد نیست؛ تعریف کن چه اتفاقی افتاده؟ هجومِ ملخ‌ها راست است؟»

آژمان جواب داد:

«من آنها را دیدم. تو باید به غارکوهستان بروی و ژوبین هزارآینه را برداری و آماده‌ی مبارزه بشوی.»

اسپروز با تردید گفت:

«ولی من ممکن‌ست بازهم قادر به کشیدن حلقه نشوم.»

آژمان گفت:

«سعی کن اسپروز. هنگام آن‌ست که با قلبت آن حلقه را تکان بدهی.»

اسپروز گفت:

«پس بگذار تو را آزاد می‌کنم و با هم به غار برویم.»

آژمان سرش را به علامت نفی تکان داد و گفت:

«نه، من مجبورم به قانون سرزمین شما احترام بگذارم و اینجا بمانم.»

اسپروز گفت:

«اما فقط تو که دروازه‌ی سنگی را بستی، قطعاً می‌توانی آن را بازکنی.»

آژمان گفت:

«دروازه به نیروی عقل بسته شد که روزی با نیروی قلب باز شود. اسپروز، امروز همان روزی‌ست که تو باید از نیروی قلبت یاری بطلبی.»

اسپروز که هنوز به انجام این مأموریت تردید داشت، گفت:

«اگر نتوانستم؟»

آژمان نگاهی به آسمان کرد و گفت:

«در این صورت... روزهای سختی در انتظار آلانان است.»

لحن یأس‌آلود آژمان، اسپروز را واداشت که با عزمی راسخ به نگرانی آژمان پایان دهد و بگوید:

«می‌روم پدر!... قسم می‌خورم که با قلبی سرشار از شور و شجاعت به جنگ با سنگ بروم.»

وبا شوری حماسی، ندایی بلند سر داد و گفت:

«ای گوزن آلانان، فرزند خوانده‌ات را دریاب!»

نگهبانان متعجب از آنچه که شنیده بودند، دروازه‌ی قرنطینه را برای کسی که فکر می‌کردند رییسشان است بازکردند. وگلرنگ، زودتر از آنچه که تصورش می‌رفت به اسپروز ملحق شد. لوری که در محل قرار، منتظر بازگشت اسپروز بود، از دیدن او سوار بر گوزن تعجب کرد و چون با داد و بیداد نتوانست باعث توقفش شود، اسب گردونه را هی کرد و خود را به وی نزدیک کرد و با صدای بلند پرسید:

«با این عجله کجا؟»

اسپروز جواب داد:

«غار هزارآینه.»

لوری که به کلاهش فکر می‌کرد، گفت:

«کلاه مرا که فکر نمی‌کنم لازم داشته باشی؟»

اسپروز با برداشتن کلاه دوباره تبدیل به خودش شد و کلاه را به سمت لوری پرت کرد و گفت:

«ممنونم که به من کمک کردی.»

لوری کلاه را در هوا قاپید و گردونه را متوقف کرد و از آن پایین جست و ضمن آن که در پی اسپروز می‌نگریست، زیر لب گفت:

«بسیار خوب، بنده باید بروم و مزد زحماتم را بگیرم. شنبلید هم حتماً فکری برای پیداکردن گردونه‌اش می‌کند.»

لوری این را گفت و با سرعت در میان درختان جنگل دور شد. بیدرفش که در تمام این مدت به پشت گردونه چسبیده و در آنجا پنهان بود، بیرون آمد و با نگاه به دنبال لوری، زیر لب و با نفرت گفت:

«هر جا بروی دنبالتم قورباغه؛ تو امروز خبرای خوبی برام داری!»

• • •

قبل از آن که لوری به قرنطیه برسد، گلرنگ اسپروز را به دامنه‌ی کوهستان رساند و او شتابان راه قله را پیش گرفت و هنگامی که عرق ریزان به محوطه‌ی غار رسید، ناگهان سایه‌ای را بر فراز سر خود گسترده دید و به بالا نگاه کرد. دو کرکس سیاه بزرگ بالای سر او می‌چرخیدند. معطل نکرد و به سمت غار دوید و همزمان طوفانی از امواج سرخ‌رنگ به سمت او هجوم آورد. اسپروز تسلیم نشد و با عبور از دیواره‌ی سرخ و طوفانی امواج وارد غار شد. با ورود او به غار، نوعِ تهاجم تغییر کرد. اکنون امواج سرخ با اصابت به صخره‌ها کوه را می‌لرزاند

و تکه‌های سنگ را فرو می‌ریخت. اسپروز که به زحمت تعادلش را حفظ کرده بود، خود را به طرف انتهای غار کشاند. حلقه‌ی آهنین منتظر دست‌های او بود و صدای آژمان در فضای ذهنش می‌پیچید و او را به رفتن ترغیب می‌کرد:

«ایستادگی کن اسپروز... ایستادگی کن!... نجات آلانان، امروز به همت تو وابسته است... برو اسپروز... برو!»

و عاقبت پنجه‌ی اسپروز به حلقه‌ی آهنین رسیده و با همه‌ی قدرت و همراه با فریادی بلند، حلقه را کشید. نیروی قلب او بر مقاومت صخره‌ی سنگین چیره شد و دیواره‌ی غار کنار رفت. وارد حجره‌ای شد که بر رویِ میزی سنگی در میانه‌ی آنجا، نیزه‌ی کوتاهی قرار داشت که پیکان آن منشوری الماس‌گونه از آینه داشت که در مقابل نوری که از بیرون می‌تابید، درخششی شگفت‌انگیز یافته بود و همین درخشش خیره‌کننده‌ی آن که به بیرون غار تابید، کرکس‌ها را فراری داد. کوه از لرزش باز ایستاد و دیگر صدایِ رعد شنیده نشد و آثار امواجِ سرخ نیز از بین رفت. اسپروز خوشحال از مأموریتی که با موفقیت انجام داده بود، ژوبین هزارآینه را برداشت و از غار بیرون آمد تا به نجات آژمان بشتابد و مژده‌ی آوردن ژوبین هزارآینه را به او بدهد.

•••

اما از لوری بشنویم که بعد از جدا شدن از اسپروز، در قالب جانوشیار به محل قرنطینه برگشت. سر نگهبان با دیدن او به صدای بلند گفت:

«دروازه را باز کنید، جناب جانوشیار برای بازجویی آژمان آمده.»

دروازه‌ی حصار باز شد و لوری پس از ورود به محوطه شتابان به سمت گودال قرنطینه رفت و بی‌معطلی توسط اتاقک متحرک پایین فرستاده شد. آژمان با دیدن او در چهره‌اش دقیق شد. لوری آهسته و با صدای خودش گفت:

«نشناختی؟»

آژمان لبخندی زد و گفت:

«الان شناختم؛ تویی لوری.»

لوری گفت:

«موفق به ملاقات با اسپروزکه شدی؟»

«آره. ممنونم که به قولت وفا کردی.»

«و حالا اگر توهم به قولت وفا کنی، معامله تمام است.»

آژمان منظور لوری را فهمید و گفت:

«منظورت آن نقشه است، آره؟»

«درست است. خیال نداری که زیر قولت بزنی؟»

«هنوز مشتاق رسیدن به آن درختی؟»

«از اشتیاق دارم می‌لرزم.»

در همین لحظه سایه‌ای سیاه گسترده شد و صفیری گوش‌خراش به گوش رسید و متعاقب آن صاعقه‌ای سرخ، بخشی از دهانه‌ی گودال قرنطینه را فرو پاشاند.

آژمان فریاد زد:

«لعنتی‌ها، پیدایم کردند!»

و بلافاصله پوست بازویش را با تیزی سنگ دیواره‌ی گودال شکافت و نقشه‌ای بر پوست نازک آهو، بیرون کشید و به دست لوری داد و در حالی که به او کمک می‌کرد تا سوار اتاقک متحرک شود گفت:

«زود باش فرار کن و فراموش نکن که برای رسیدن به این درخت به کمک اسپروز احتیاج داری و او برای فهمیدن حقیقت سرزمین داج، به کمک تو... راه رسیدن به درخت آرزو از دل سرزمین داج می‌گذرد. به اسپروز بگو حیف که به آژمان فرصت ندادند.»

پای لوری که به بالای گودال رسید، امواج سرخ رنگ او را هدف قرار دادند. او می‌گریخت و امواج پس از برخورد با هر چیز آن را شعله‌ور می‌کرد و در اطرافش جهنمی از آتش به پا شده بود. دروازه‌ی نگهبانی و حصارها، می‌سوختند و فرو

می‌ریختند و نگهبانان در حالی‌که نیزه‌هاشان را به سمت کرکس‌ها می‌افکندند، هر یک از سویی در حال گریز بودند. لوری خودش را به برکه آبی رساند و به درون آن فرو رفت. کرکسی که در تعقیب لوری بود، چرخی زد و او را رها کرد. لحظه‌ای بعد که لوری سرش را از زیر آب بیرون آورد و با وحشت به اطراف نگریست، دید کرکس‌ها آژمان را از میان حلقه‌ی آتشی که در پیرامون دهانه‌ی گودال زبانه می‌کشید، بیرون آوردند و در حالی‌که چنگال بزرگ هر یک، مچ دستان آژمان را چسبیده بودند، او را همراه خود بردند، او آخرین جمله‌ی آژمان را که در فضا طنین افکند، شنید:

«به امید دیدار، اسپروز!»

لوری بی‌اختیار گریخت و از ترس جرأت نداشت که پشت سرش را نگاه کند. او نفهمید که چقدر از آنجا دور شده است که ناگهان بیدرفش چماق به دست بر سر راهش سبز شد. هر دو لحظه‌ای چشم در چشم هم دوختند و بعد بیدرفش با لحنی تهدیدآمیز گفت:

«می‌خواهم جیبت را بگردم. یا می‌گذاری، یا با چماق مجبورت می‌کنم.»

لوری در حالی‌که سعی می‌کرد خونسردی خود را حفظ کند، گفت:

«من چیزی توی جیبم ندارم.»

بیدرفش چند گام جلو آمد و چماق دستش را بالا برد و گفت:

«پس چاره‌ای جز استفاده از چماق ندارم!»

لوری از ترس داد زد:

«صبر کن، نزن!»

بیدرفش گفت:

«به شرط این که زود جیب‌هایت را خالی کنی.»

لوری گامی عقب گذاشت و گفت:

«قبل از آن دو کلام حرف دارم.»

بیدرفش گامی پیش گذاشت و گفت:

«زودباش بگو.»

لوری گفت:

«یادت هست آن روز که رفته بودی سراغ لانه‌ی پرنده‌ها، الاغی آنجا بود که تو چشم‌هایش را بستی؟»

بیدرفش جاخورد و با سوءظن پرسید:

«منظورت چیست؟»

لوری با لبخندی معنی‌دار گفت:

«آن الاغ، من بودم.»

بیدرفش از خشم دگرگون شد و لوری فوری ادامه داد:

«عصبانی نشو دوست عزیز... نقطه ضعفی پیش جانوشیار داشتم که برای جبرانش مجبور بودم خبرچینی کنم.»

بیدرفش دندان به هم سایید و گفت:

«خبرچین کثیف! رفتی و به او خبر دادی، ها؟»

لوری ابرو بالا انداخت و گفت:

«نچ، خبر مهم‌تری برایش داشتم که این یکی پیش آن هیچ بود.»

بیدرفش با کنجکاوی و عصبانیت پرسید:

«حرف بزن نسناس!»

لوری گام دیگری عقب رفت و گفت:

«با اجازه‌ات من فهمیدم که با شنبلید بانو چه رفاقتی به هم زده‌ای.»

بیدرفش با غرشی خشم‌آلود به سمت لوری هجوم برد. او عقب عقب رفت و گفت:

«صبر کن!»

بیدرفش با نفرت گفت:

«صبر کنم که به خبرچینی ادامه بدهی اکبیری؟»

لوری خود را از ضرب چماق او رهانید و گفت:

«احمق جان، من اگر ترا لو داده بودم که الان توی قرنطینه داشتی هویج می‌جویدی.»

بیدرفش ایستاد و پس از لحظه‌ای درنگ در چشمان لوری، گفت:

«چرا باید حرف ترا باور کنم؟»

لوری در جواب او گفت:

«خیلی ساده است؛ همه می‌دانند که لوری همیشه فکر روز مبادا را می‌کند.»

بعد برای اعتماد بخشی چند گام جلو آمد و ادامه داد:

«رفیق، تو که می‌دانی لوری اهل معامله است.»

بیدرفش با سوء ظن پرسید:

«چه معامله‌ای؟»

لوری با خونسردی جواب داد:

«بیدرفش اگر شتر دیده، ندیده... لوری هم شتر دیده، ندیده.»

و با لبخندی دوستانه ادامه داد:

«مردمانی که نقطه ضعف دارند، می‌توانند دوستان خوبی برای هم باشند و سر بزنگاه به هم کمک کنند... برو، برو با خیال راحت به جوجه‌هایت برس؛ فکر می‌کنم دیگر سر از تخم در آورده‌اند.»

بیدرفش کمی فکر کرد و بعد چماق را پایین آورد و گفت:

«وای به حالت اگر دست از پا خطا کنی.»

او که رفت، لوری زیر لب گفت:

«متأسفم رفیق! مجبور بودم برای اجرای نقشه‌هایم، جانوشیار را سرگرم تو کنم.»

اما بیدرفش خوشحال از معامله‌ای که انجام داده بود، پاورچین و با احتیاط به کلبه‌اش برگشت. او پس از ورود به کلبه قبل از هر کار کوزه‌ی عسل را برداشت

و پیاله‌ای از آن پرکرد و روبروی تصویر جانوشیار که دستگاه جوجه‌کشی‌اش را زیر آن مخفی کرده بود، ایستاد و او را مخاطب قرار داد و با لحنی تمسخرآلود گفت:

«می‌دانم منتظر بودی یک روز مرا به تله بیندازی، ولی کور خواندی! من به سلامتی تو به زودی از اینجا می‌روم اما نه با دست خالی، با دستگاه جوجه‌کشی عزیزم می‌روم، با جوجه‌های لذیذم می‌روم... و روزی برمی‌گردم، خیلی قوی، خیلی بزرگ، خیلی شیر، خیلی نهنگ! که تو را هم درسته قورت بدهم... تو را!»

و به خاطر احساس قدرتی که به او دست داده بود، کوزه‌ی عسل را به طرف تصویر جانوشیار پرت کرد. کوزه شکست و ته مانده‌ی عسل از نوک بینی جانوشیار آویزان شد. بیدرفش دسته‌ی اهرم را کشید و دستگاه جوجه‌کشی از مخفیگاهش بیرون آمد و با چرخش حول محورش، ابتدا، جلو محفظه‌ی آن نمایان شد. پوسته‌های تخم پرنده، در جلو محفظه افتاده بود. چشمان بیدرفش از خوشحالی برقی زد و گفت:

«عاقبت از تخم بیرون آمدید، جوجه‌های عزیزم!»

و شروع به خواندن آواز کرد، اما ریتم خواندنش با تعجب ناشی از آنچه که در اثر چرخش کامل دستگاه دید، تغییر کرد. جانوشیار درون محفظه، چهارزانو نشسته بود و در حالی که مدرک جرم، یعنی لنگه کفش آژمان را در دست داشت به بیدرفش لبخند می‌زد. بیدرفش ابتدا از ترس فلج شد، ولی خیلی زود فهمید که اگر به چنگ جانوشیار بیفتد کارش ساخته است، پس فرار را بر قرار ترجیح داد و از کلبه بیرون گریخت. جانوشیار به دنبال او بیرون آمد و با صدای بلند داد زد:

«فرار فایده‌ای ندارد، هر جا بروی، توی چنگ منی!»

در همین زمان نگهبانی شتاب‌زده از راه رسید و خبر آورد که کرکس‌ها به قرنطینه حمله کرده‌اند و آژمان را با خودشان برده‌اند.

جانوشیار از تعقیب بیدرفش منصرف شد و فوری خود را به محل قرنطینه رساند تا اوضاع را از نزدیک بررسی کند. آوه هم اندکی بعد رسید. او آشفته و

پریشان خود را به کنار گودال قرنطینه رساند و از جانوشیار پرسید:

«خبر حقیقت دارد؟»

جانوشیار با احساس تقصیر جواب داد:

«بله قربان، خبر حقیقت داره و شما می‌توانید مرا به خاطر این قصور مجازات کنید.»

آوه کف دست را بر پیشانی کوبید و گفت:

«وای! جواب اسپروز را چه بدهیم؟»

سربازی شتابان آمد و مقابل آوه زانو زد و گفت:

«قربان ملخ‌ها!... ملخ‌های سیاه به آلانان حمله کرده‌اند. آنان از مرز گذشته‌اند!»

آوه لحظه‌ای جا خورد ولی فوری مسئولیت خود را به یاد آورد و به جانوشیار گفت:

«فوری بگو همه آماده بشوند.»

و خطاب به جمعیت وحشت‌زده‌ای که اجتماع کرده بودند ادامه داد:

«زن‌ها و بچه‌ها بروند توی خانه‌ها، پناه بگیرند!»

فرمان آوه غلغله‌ای به پا ساخت. در هر طرف می‌شد زنانی را دید که دست کودکانشان را گرفته بودند و به سمت کلبه می‌دویدند و از مقابل، مردانی از کلبه‌ها بیرون می‌آمدند که هر یک کمانی در دست داشتند.

در همان هنگام، اسپروز که از کوه پایین آمده بود، سوار بر گلرنگ و به تاخت به سمت آلانان برمی‌گشت که پدیده‌ای او را وادار به توقف کرد. سایه‌ای بر سر او گسترده شد که موجب کم فروغی ژوبین هزارآینه در دستش شد. به آسمان نگاه کرد و فوج ملخ‌ها را در بالا دید و زیر لب با نفرت گفت:

«بالاخره سر و کله‌ی شما پیدا شد موجودات پلید؟»

و لحظه‌ای طول نکشید که هزارآینه کاملاً از پرتو افشانی افتاد و تیرگی مستولی شد.

اسپروز ندایی حماسی سر داد:

«ای یاران شب تاب من، راهِ را برای اسپروز روشن کنید!»

کمی بعد کرم‌های شب تاب به ندای اسپروز پاسخ دادند و گروه گروه آمدند و با سوسوی خود، روشنی بخش راه او شدند. اسپروز گوزن را به تکاپو واداشت و گفت:

«بتازگلرنگ! ما به جنگ تاریکی می‌رویم.»

گوزن از جا کنده شد تا اسپروز را هرچه زودتر به مقصد برساند.

قبل از رسیدن اسپروز، سربازان، پیکان تیرهایشان را در آتشی که افروخته شده بود، شعله‌ور می‌کردند و پی‌درپی به سمت آسمان و فوج ملخ‌هایی که صدای سهمگین بال‌هایشان موسیقی وحشت ایجاد کرده بود، پرتاب می‌کردند. با هر تیر آتشین، گروهی از ملخ‌ها می‌سوختند، اما تأثیری در خیل عظیم آنان نداشت. جانوشیار خودش را شتابان به آوه رساند و گفت:

«قربان فایده‌ای ندارد، هرچه می‌کُشیم، انگار قطره‌ای از دریا کم می‌شود. چه دستور می‌دهید؟»

آوه از او پرسید:

«تو چه پیشنهادی داری؟»

«شاید بهتر باشد به پناهگاه برویم و به فکر راه دیگری باشیم.»

آوه که به روزهای آینده فکر می‌کرد، گفت:

«مزارع را به آواره‌های بی‌رحم آنان واگذاریم؟»

و بعد با افسوس ادامه داد:

«ای کاش آژمان اینجا بود!»

لوری دوان دوان آمد و خبر شادی بخشی با خود آورد:

«اسپروز دارد می‌آید، اسپروز دارد می‌آید!»

و اندکی نگذشت که اسپروز سوار بر گوزن از راه رسید. چتر روشنی از شب‌تاب‌ها بر فراز سر او در حرکت بود. او ژوبین هزارآینه را بالا برد و نشان داد و با صدای بلند گفت:

«من ژوبین هزارآینه را آوردم!»

غریو شادی از هرگوشه‌ای برخاست. آوه گفت:

«چه فایده؟ ملخ‌ها راه بر نور خورشید بسته‌اند.»

اسپروز گفت:

«دستور بدهید همه تیرها را به یک نقطه پرتاب کنند، تا روزنه‌ای به نور باز شود.»

آوه متوجه منظور او شد و از سربازان خواست که فوری پیشنهاد وی را اجرا کنند. سربازان تیرها را در چله‌ی کمان نهادند و پیکان‌ها را شعله‌ور کردند و به سمت یک هدف پرتاب کردند.

توده‌ای از آتش به سمت یک نقطه از آسمان به پرواز درآمد و پس از برخورد با هدف، گروهی از ملخ‌ها را به آتش کشید و در فوج منظم و به هم فشرده آن‌ها شکافی پدید آمد و ستونی از نور به درون تابید. لوری فریاد شعف سرداد:

«آفتاب آمد! آفتاب آمد!»

اسپروز ندا سرداد:

«حالا نوبت من‌ست!»

و رو به فوج ملخ‌ها در آسمان فریاد برآورد:

«ای پیام‌آوران قحطی! اکنون ژوبین هزارآینه به سوی شما می‌آید؛ آماده‌ی مرگ باشید!»

اسپروز ژوبین را با همه‌ی نیرو به میان ستون نور پرتاب کرد. ژوبین گردنده، در معرض خورشید، نورافشانی می‌کرد و نیزه‌های نور را به هر سمت می‌تاباند و ملخ‌ها گروه‌گروه فرو می‌افتادند و باقیمانده‌ی آن‌ها می‌گریختند.

با تار و مار شدن آن‌ها، خورشید از کسوف درآمد و روشنی روز پدیدار گشت. ژوبین هزارآینه هم با نورافشانی زیبایش به سمت زمین برگشت و در پنجه‌ی اسپروز آرام گرفت. غریو شادمانی مردم، آسمان را به لرزه درآورده بود. آوه جلو

رفت و اسپروز را در آغوش کشید و گفت:

«مردم آلانان، نجات سرزمین خود را مدیون تو هستند، ممنونم.»

اسپروز گفت:

«مدیون من نه، مدیون کسی هستیم که به اتهامی دروغین در قرنطینه افتاده است. اگر موافق باشید، برویم و از دلش درآرویم. او مهربان‌ست و ما را می‌بخشد.»

آوه نگاه به زمین دوخت و با اندوه گفت:

«متأسفانه این کار امکان ندارد اسپروز، کرکس‌ها به قرنطینه حمله کردند و آژمان را با خودشان بردند.»

اسپروز جا خورد و برای لحظاتی فقط خیره به دیگران نگاه کرد و سپس بی‌آن که کلامی از دهانش خارج شود، رویش را برگرداند و رفت.

لوری از آوه پرسید:

«چرا رفت؟»

آوه با اندوه جواب داد:

«رفت که اشکش را نبینیم.»

«کجا رفت؟»

«رفت با خودش خلوت کند.»

«آیا ممکن‌ست به دنبال آژمان برود؟»

آوه جوابی نداد و رفت. لوری به دنبال او گفت:

«اگر بخواهد برود، من به او حق می‌دهم.»

جانوشیار با انگشت نوک دماغ لوری را فشار داد و گفت:

«به جای این فضولی‌ها، برو بیدرفش را پیدا کن که از چنگم در رفت.»

جانوشیار این را گفت و به دنبال آوه رفت. لوری دماغش را که درد گرفته بود مالید و زیر لب گفت:

«اگر خبر داشتی الان من چه گنجی در بغل دارم، اینقدر مرا دست کم نمی‌گرفتی

جناب جانوشیار!»

لوری نقشه‌ای را که از آژمان گرفته بود، از جیب بیرون آورد و با لذت به آن نگاه انداخت و به این فکر کرد که چطور اسپروز را به رفتن دنبال آژمان تحریک کند.

اما اسپروز بعد از ترک جمعیت، آشفته و مغموم به کلبه‌ی نیمه ویران برگشت و روی تخته‌سنگی نشست و چشم به افق روبرو دوخت. او لحظه‌ای از یاد آژمان فارغ نمی‌شد. تمام خاطراتی که از کودکی با او داشت به یادش می‌آمد و هر لحظه بیشتر دلش برای او تنگ می‌شد. می‌دانست که فیلوس انتقام سختی از او خواهد گرفت و این تصور بی‌اختیار اشک را از چشمانش سرازیر کرد. اجازه داد گریه آتش درونش را اندکی فرو نشاند و هنوز خود را باز نیافته بود که صدای لوری را از پشت سر شنید:

«ندیده بودم که اسپروز مثل بچه‌ها گریه کند.»

اسپروز با چشمان اشک‌بار به او نگاهی کرد و پاسخی نداد. لوری آمد و کنار او نشست. لحظه‌ای در سکوت گذشت و سپس اسپروز آهی بلند کشید و با لحنی غمزده لب به سخن گشود و گفت:

«کرکس‌های فیلوس که پدر و مادر مرا از بین بردند، همه فکر کرده بودند که من هم مرده‌ام، ولی تقدیر این بود که این نوزاد بی‌پناه، در حمایت گوزن‌های آلانان زنده بماند و بزرگ شود... تا وقتی که دوباره مرا پیدا نکرده بودند، سرکش و بی‌پروا و آزاد بودم، اما بعد از آن و بعد از این که فهمیدم چه سرنوشتی داشته‌ام، رنج یتیمی و تنهایی را احساس کردم. این احساس تلخ و ناگوار ادامه داشت تا روزی که آژمان سرپرستی مرا بعهده گرفت. از آن روز من دیگر احساس یتیمی نکردم. اما الان دوباره احساس می‌کنم تنها و یتیم شده‌ام.»

لوری با احساس همدردی نسبت به او گفت:

«احساس تو را درک می‌کنم و به همین خاطر، آمدم که آخرین پیغامی را که او به تو داد، برایت نقل کنم.»

اسپروز با کنجکاوی پرسید:

«چه پیغامی؟»

لوری آهی کشید و گفت:

«رفته بودم تا آژمان به قولی که به من داده بود وفا کند. وقتی به آنجا رسیدم، کرکس‌ها حمله کرده بودند. جهنمی از آتیش به پا شده بود و بعد او را با خودشان بردند. در آخرین لحظه من با گوش‌های خودم شنیدم که فریاد کشید: به امید دیدار اسپروز!»

لوری با توجه به تأثیری که حرفش در اسپروز بر جای نهاده بود، ادامه داد:

«آژمان به دیدارش با تو امیدوار بود و آنوقت تو نشسته‌ای و مثل بچه‌ها زار می‌زنی... پاشو مرد، پاشو برو نجاتش بده!»

اسپروز ناخودآگاه از جا بلند شد. لوری هم برخاست. او با توجه به عزمی که در وجود اسپروز برانگیخته بود به سخن ادامه داد:

«اگر تو بخواهی بروی، من هم با تو می‌آیم و تنهایت نمی‌گذارم؛ قول شرف می‌دهم.»

اسپروز با عزمی راسخ و نگاه به دوردست، ژوبین هزارآینه را بلند کرد و فریاد زد:

«اسپروز عزم آمدن دارد پدر!»

•••

همان روز گروه زیادی از اهالی آلانان در مقابل کلبه‌ی آوه اجتماع کردند تا از آنچه که شایع شده بود خبردار شوند. اسپروز در حالی که کوله‌بار سفر بر دوش داشت، عزمش را برای رفتن ابراز کرد و گفت:

«من قصد رفتن به سرزمین داج را دارم و برای خداحافظی آمده‌ام.»

آوه که مطمئن بود هیچ چیز نمی‌تواند مانع رفتن اسپروز شود، گفت:

«من اکنون عزمی را در تو می‌بینم، که جز آرزوی پیروزی تو حرفی برای گفتن ندارم، ولی مطمئن باش قلب مردم آلانان با تو است و برایت دعا می‌کنند.»

اسپروز نگاهی به روشنک که کمی آن طرف تر ایستاده بود، افکند و به آوه گفت:

«اجازه بدهید با روشنک وداع کنم.»

آوه بعد از نگاهی به دخترش، جواب داد:

«او منتظرست که با تو وداع کند.»

اسپروز به طرف روشنک رفت و مقابلش ایستاد و لحظه‌ای به چهره‌ی غم‌زده‌ی او نگاه کرد و بعد گفت:

«روشنک، من می‌روم، اما پاره‌ای از قلبم را اینجا جا می‌گذارم... پاره‌ای انباشته از عشق به تو... امیدوارم روزی که برمی‌گردم، داغی روی پیشانیت نباشد و بتوانی آنچه را که در قلب داری به زبان بیاوری؛ آرزویی که یک عمر حسرتش را کشیده‌ام.»

روشنک که رفته رفته اشک در چشمانش جمع شده بود، بغضش ترکید و در حالی که زار می‌زد به سمت خانه دوید و وارد آنجا شد.

اسپروز چند گام به دنبال او رفت، اما پشیمان شد و برگشت و به آوه گفت:

«نمی‌خواستم ناراحتش کنم؛ این را از قول من به او بگو.»

آوه گفت:

«لازم به گفتن من نیست، او خودش همه چیز را می‌داند.»

آوه، اسپروز را در آغوش فشرد و باز هم برای او آرزوی موفقیت کرد.

دقایقی بعد با بدرقه‌ی پرشور مردم آلانان، اسپروز راهی سفر به سرزمین‌هایی شد که پیش از آن کمتر کسی جرأت رفتن به آنجاها را داشت و البته در این سفر لوری هم با او همراه بود. جانوشیار متعجب از این همراهی به آوه گفت:

«این لوری ازکَی نمی‌دانم اینقدر شیردل شده؟»

آوه گفت:

«همین که کسی از آلانان همراه اوست و تنها نیست، جای خوشحالی دارد.»

جانوشیار از سخن آوه انگیزه گرفت و حرفی را که در دل داشت بر زبان آورد و

گفت:

«به خاطر اتفاقی که برای آژمان افتاد، بارگناه سنگینی را بر دوشم احساس می‌کنم و خودم را نمی‌بخشم.»

آوه گفت:

«تو وظیفه‌ات را انجام دادی و تقصیری نداشتی.»

جانوشیار مقصود اصلی را بیان کرد و گفت:

«با این وجود دور از مردانگی است که آدمی مثل لوری برای همراهی با اسپروز همت کند و من دست روی دست بگذارم.»

آوه با کنجکاوی پرسید:

«منظورت این‌ست که می‌خواهی بروی؟»

جانوشیار سرش را خم کرد وگفت:

«اگر شما اجازه بدهید.»

آوه نگاه ستایش‌آمیزش را به او دوخت و گفت:

«من چطور می‌توانم جلوِ مردی را بگیرم که وجودش یک پارچه شور و احساس است؟»

جانوشیار تعظیمی کرد و گفت:

«متشکرم... ولی قبل از رفتن باید شنبلید را به سزای اعمالش برسانم. آن نوچه‌ی شیادش که از چنگم فرار کرد.»

•••

روشنک بعد از ورود به کلبه تا صبح روز بعد فقط غصه خورد و اشک ریخت. آفتاب که سر زد، با چشمانی گریان پشت دارِ قالی نشست و در دل گفت:

«ای کلاف‌های رنگین، مرا با سفر محبوبم همراه کنید!»

و انگشتان او به طرزی شگفت‌انگیز بر تار و پود فرش به جنبش درآمدند و آنچه که آرزو کرده بود با چشم دل مشاهده کرد.

اسپروز، کنار برکه در میان علف‌های بلند درازکشیده و به کوهستان دور دست نگاه می‌کرد.

لوری، غرق نشاط وشعف، در برکه آب‌تنی می‌کرد. معلق می‌زد و آب به اطراف می‌پاشید. او بالاخره از آب بیرون آمد و به اسپروز گفت:

«تفریح مختصری بود که خیلی خوشمان آمد!»

و سپس جستی زد و روی علف‌ها، درکنار اسپروز فرود آمد و سرخوشانه به اجرای نقش پرداخت.

«مکانی بس مفرح است و حیرانم که چرا باید مردمان آلانان ازدیدن این سرزمین محروم بمانند... هوایی لطیف!... برکه‌ای آرام!... نسیمی خنک، آسمانی روشن و مردمی مهمان نواز!»

درهمین هنگام اسپروز موجود عجیبی را دید که از پشت به لوری نزدیک می‌شد. این موجود، هیکلی انسانی با دمی بلند و سری شبیه مار شاخدار داشت. اسپروز دشنه‌ای راکه برکمر داشت، از غلاف بیرون کشید و با مهارت و درست درلحظه‌ای که موجود دهانش را برای بلعیدن لوری بازکرده بود، به طرف او پرت کرد و همزمان با صدای بلند به لوری هشدار داد:

«لوری، سرت را بدزد!»

لوری یک لحظه آن موجود ترسناک را پشت سرش دید و فریادی وحشت‌آلود کشید و با جستی بلند خود را از خطر رهاند. دشنه به طور عمودی وارد دهان مارنما شد و هم زمان او به قصد بلعیدن لوری دهانش را بست که در نتیجه آن، نوک تیز دشنه گوشت و پوست دهانش را درید و با جیغی گوش خراش، گریخت. اسپروز بالای سر لوری که گوشه‌ای ولو شده بود، رفت و با انگشت یکی از پلک‌های بسته او را بالا زد. لوری یک چشمی به او نگاه کرد و گفت:

«می‌خواست مرا قورت بدهد، لندهور!... خیال کرده!»

اسپروز با لحنی شوخ و به تقلید ازگویش لوری گفت:

«استقبال مختصری بود خوشمان آمد!»

لوری خودش را از تک و تا نینداخت و گفت:

«اسمش را نپرسیدیم، کی بود؟»

و به یاد جانوشیار و کتابش افتاد و گفت:

«اگر کتاب جانوشیار بود، اطلاعات بیشتری کسب می‌کردیم.»

و بعد فوری از جا بلند شد، شلوارش را تکاند و به تمسخر گفت:

«کتاب او فقط به درد خودش می‌خورد... چقدر هم به آن می‌نازد!»

و درست همان وقت که لوری راجع به جانوشیار و کتاب او قضاوت می‌کرد، خود او که آوه را راضی کرده بود به دنبال اسپروز بیاید، به ساحل برکه رسید و صدای ناله‌ی عجیبی توجهش را جلب کرد. با احتیاط و پاورچین به سمت بوته‌ای که صدای ناله از پشت آن به گوش می‌رسید، رفت و آهسته شاخه را کنار زد. آنسوی بوته، موجود شاخدار روی زمین ولو بود و از درد می‌نالید و نوک دشنه‌ی اسپروز که از سقف دهان او بیرون زده بود، اکنون به شاخ سومی شباهت داشت.

جانوشیار فوری کتابش را از کوله‌پشتی درآورد و تند و تند ورق زد تا به تصویری شبیه او رسید و زیر لب گفت:

«استقیلای شاخدار!... ولی چرا سه تا شاخ؟ آن شاخ سومی از کجا آمده؟»

استقیلا که انگار صدای جانوشیار را شنیده باشد با ناله گفت:

«حالا به جای اینکه شاخ‌های مرا بشماری، فکری برای این شاخ مزاحم بکن... بس که دهانم بازمانده از خودم بدم می‌آید... ببین چقدر زشت شده‌ام.»

جانوشیار از پشت بوته بیرون آمد و گفت:

«ببخشید، یادم نبود که گوش‌های تیزی هم داری.»

استقیلا ملتمسانه نالید و گفت:

«کمکم کن، هر چی بخواهی به تو می‌دهم.»

جانوشیار جلوتر آمد و دشنه‌ی اسپروز را در دهان استقیلا شناخت و گفت:

«بسیار خوب، کمکت می‌کنم، بشرط این‌که بگویی این دشنه را از کجا پیدا کردی؟»

استقیلا جواب داد:

«پیدا نکردم؛ یک آدم بدجنس به من هدیه داد.»

جانوشیار ریسمانی از کوله‌پشتی درآورد و یک سر آن را به دسته‌ی دشنه در دهان استقیلاگره زد و سر دیگر ریسمان را به ساقه‌ی درختی بست و ضمن این کار پرسید:

«این دو نفر را کجا می‌شود پیدا کرد؟»

استقیلا جواب داد:

«به طرف جنگل زرد رفتند و امیدوارم که دیگر هیچ‌وقت قیافه‌شان را نبینم.»

جانوشیار غافلگیرانه گفت:

«اما آنها پشت سر تو هستند.»

حقه‌ی جانوشیار کارگر افتاد و استقیلا نعره‌ای از ترس کشید و چنان از جا جست و گریخت که دشنه از دهانش جدا شد. جانوشیار دشنه را برد با آب برکه شست و در کوله‌پشتی گذاشت و با عجله به طرف جنگل زرد به راه افتاد. او چیزهایی درباره‌ی جنگل زرد می‌دانست که شتابش را برای رسیدن به اسپروز و لوری دو چندان می‌کرد.

دوم • جنگل زرد •

اسپروز و لوری از میان درخت‌ها و گیاهان زرد عبور می‌کردند که صدایی توجه اسپروز را به خود جلب کرد. بازوی لوری را گرفت و او را از حرکت بازداشت و گفت:

«لوری، صدای خش‌خش مشکوکی را نمی‌شنوی؟»

لوری که همیشه پاسخ نامربوطی در چنته داشت، جواب داد:

«بنظرم صدای باد است؛ اینجا کسی زندگی نمی‌کند.»

اسپروز با نگاهش اطراف را پایید و گفت:

«ولی من فکر می‌کنم چشمانی دارند ما را می‌پایند.»

لوری فوری عقیده‌اش را تغییر داد و گفت:

«پس برگردیم و از یک راه دیگر برویم.»

اسپروز با لبخندی معنی‌دار گفت:

«ولی یک قهرمان بزرگ هیچ‌وقت نمی‌ترسد!»

لوری کم نیاورد و جواب داد:

«قهرمان‌ها زندگی پیچیده‌ای دارند پسر.»

اسپروز نقشه‌ای راکه در ذهن داشت با سخن لوری تطبیق داد و گفت:

«درسته، قهرمان‌ها گاهی برای بیرون کشیدن حریف از مخفیگاه، خود را به خواب می‌زنند.»

لوری که ترجیح می‌داد حتی اگر قرار است بمیرد، در خواب بمیرد، فوری از پیشنهاد اسپروز استقبال کرد و گفت:

«موافقم... من، خوابیدم.»

لوری این راگفت و روی زمین ولو شد و چشمانش را بست. اسپروز هم پس از نگاهی به اطراف، کنار لوری درازکشید. برای لحظاتی سکوت حکمفرما بود و بعد آرام آرام، سر و کله‌ی موجوداتی از پشت بوته‌ها، میان علف‌ها و لابلای شاخه‌ها پیدا شد. آنان مردمان کوچک اندامی بودند که در دو ویژگی اشتراک داشتند. رنگ زرد غالب در پوشش آنها و ترکیب چهره‌ی یکسان. چهره‌ای با موهای زرد و فِر، گوش‌های بلند، بینی و چشمان کوچک و دهانی بزرگ. اسپروز که از شکاف میان پلک‌ها آنان را دیده بود، آهسته گفت:

«آنها را می‌بینی لوری؟»

لوری هم که آنها را دیده بود، آهسته جواب داد:

«بنظرم اشخاص مهمان‌نوازی نمی‌آیند، نظر تو چیست؟»

اسپروز جواب داد:

«بزودی می‌فهمیم.»

موجودات زرد، آهسته آهسته جمع شدند. عده‌ای از پشت بوته‌ها آمدند. عده‌ای با کمک شاخه‌های آویخته از درختان و با حرکاتی میمون‌وار فرود آمدند و عده‌ای از روی شاخه‌های درختان پایین پریدند. تمامی آنها به نیزه‌های

زردرنگ مسلح بودند.

لوری که دوباره ترس به سراغش آمده بود، آهسته گفت:

«می‌گویم چه نیزه‌های تیزی هم دارند. کشته شدن در خواب هیچ لطفی ندارد.»

اسپروز گفت:

«ولی ما که قصد مردن نداریم.»

لوری از دیگری مایه گذاشت و گفت:

«پس بهتر است برخیزی و زور بازویت را نشانِشان بدهی.»

اسپروز پرسید:

«پس تو چکار می‌کنی؟»

لوری دوباره به همان پاسخ‌های همیشگی متوسل شد و جواب داد:

«در حال حاضر فکر نمی‌کنم به کمک من احتیاج باشد؛ خودم را به خواب می‌زنم که فرار نکنند.»

اسپروز جلو خنده‌اش را گرفت و گفت:

«واقعاً که قهرمان‌ها رفتار پیچیده‌ای دارند!»

لوری که از نزدیک شدن موجودات زرد حسابی وحشت کرده بود، ضربه‌ای به پهلوی اسپروز زد و گفت:

«زود باش بجنب؛ حلقه‌ی محاصره را تنگ کردند!»

اسپروز با چابکی از جا جهید و با قامتی استوار مقابل موجودات زرد ایستاد. آنان حرکتشان را متوقف کردند. اسپروز با لحنی مسالمت‌جویانه خطاب به آنان گفت:

«ما قصد آزار کسی را نداریم. مسافریم و از اینجا می‌گذریم.»

لحظاتی سکوت برقرار بود و پاسخی از جانب موجودات زرد داده نشد تا این که بوته‌ی نزدیک به اسپروز جنبید و کنار رفت و فردی از سوراخ زیر آن بیرون

آمد که وجه تمایزش با دیگران، کلاه شیپوری بلند و منگوله‌داری بود که به سر داشت. او پیر بود و به زحمت و هن‌وهن‌کنان از سوراخ بیرون آمد. موجودات زرد با دیدن او به اتفاق ندا سر دادند:

«درود بر نیانوش دانا!»

و راه را برای او بازکردند. نیانوش که معلوم بود فرمانده‌ی بقیه است، پس از این که نفسی تازه کرد و زانوهایش را مالید، با صدایی که آهنگی تندتر از صدای معمول داشت، اسپروز را مخاطب قرار داد و گفت:

«کیستید؟ ازکجا می‌آیید؟ مقصدتان کجاست؟»

اسپروز جواب داد:

«نام من اسپروز است.»

و با اشاره به لوری که همچنان خود را به خواب زده، ادامه داد:

«ایشان هم دوست من لوریست. از پشت کوه‌ها، از آلانان می‌آییم و رهسپار سرزمین داج هستیم.»

موجودات زرد وحشت‌زده عبارت «سرزمین داج» را مدام تکرارکردند. نیانوش با اشاره‌ی دست آنها را ساکت کرد و بعد خطاب به اسپروزگفت:

«شنیدم که گفتید با ما دشمنی ندارید.»

اسپروز چواب داد:

«بله، قسم می‌خوریم.»

نیانوش گفت:

«پس ما هم به شما فرصت می‌دهیم، حرفتان را ثابت کنید.»

اسپروز پرسید:

«چکارکنیم که حرفمان ثابت شود؟»

نیانوش جواب داد:

«به شما اجازه می‌دهیم از جنگل زرد عبورکنید، اما به دو شرط... اول اینکه

حق ندارید با هیچ یک ازساکنین جنگل زرد تماس برقرارکنید... دوم، حق استفاده ازمیوه و غذای جنگل زرد را ندارید... و اگرتا خروج کامل ازجنگل این دو شرط را نادیده بگیرید، بازهم مثل اجل معلق برسرتان نازل می‌شویم و این بار با زبان نیزه‌هامان با شما حرف می‌زنیم.»

اسپروز پرسید:

«عبوراز جنگل زرد چند روز طول می‌کشد؟»

نیانوش جواب داد: «هفت شبانه روز.»

اسپروزکنارلوری زانو زد و او راکه خرناس سرداده بود مخاطب قرارداد و پرسید:

«آهای لوری، حرف‌هایشان را شنیدی؟»

لوری آهسته جواب داد: «چشمانم بسته است، گوش‌هایم که بازست.»

اسپروز پرسید:

«حالا چکارکنیم؟... ما برای چه مدت آذوقه همراه داریم؟»

«حداکثر دو روز.»

«با آذوقه‌ی دو روزکه نمی‌توانیم هفت روزدوام بیاوریم؟»

«غصه شو نخور، من راه غیرقانونیش را پیدا می‌کنم.»

«چرند نگو لوری... حرف‌های این مردکاملاً جدی است.»

لوری کوتاه آمد و با استدلال مخصوص به خودش جواب داد:

«بسیارخوب، چون دوست ندارم تو را با بدن سوراخ سوراخ ببینم، شرطشان را می‌پذیرم.»

و هنوزاسپروزبه نیانوش پاسخ نداده بودکه ناگهان موجود زردی‌که ازشاخه‌ی درختی به شاخه‌ی درخت دیگرمی‌جهید، ازراه رسید و فریاد وحشت‌آلود و هشدار دهنده‌اش همه را متوجه او ساخت.

«فرارکنید... فرارکنید... اژگَهَن‌ها... اژگهن‌ها دارند می‌آیند... فرارکنید!»

اولین نفرکه گریخت، نیانوش بودکه با چابکی دورازانتظاری درون سوراخ

زمین ناپدید شد. او ضمن فرار بقیه را هم به این کار ترغیب کرد:

«پنهان شوید... پنهان شوید!»

لوری از جا پرید و در مقابل چشمان متعجب او و اسپروز، همه‌ی موجودات زرد، عده‌ای دوان و عده‌ای با آویختن به شاخه و جهیدن از شاخه‌ای به شاخه‌ی دیگر گریختند و بزودی همه‌ی آنها با رنگ زرد محیط در هم آمیختند و تنها نیزه‌های آنها باقی مانده بود که هنگام فرار بر زمین انداخته بودند.

اسپروز و لوری هنوز از تعجب بیرون نیامده بودند که غرش‌هایی وحشتناک و پی‌درپی، آنان را بخود آورد. اسپروز، دست لوری را گرفت و با یک خیز بلند او را با خود به پشت بوته‌ای کشاند. سرعت عمل او به‌قدری بود که فراموش کرد کوله‌پشتی‌اش را از روی زمین بردارد. لحظه‌ای بعد موجودات دو پایی که سری سیاه و چهره‌ای شبیه به یوز با چشمانی سرخ و وحشتناک داشتند، پیدایشان شد و در یک نیم دایره، آماده‌ی حمله و هجوم، آرایش گرفتند.

اسپروز آهسته به لوری گفت:

«لوری، موجودات ترسناکی هستند، ولی نه آنقدر که صدها نیزه به دست از ترس نیزه‌ها را بندازند و فرار کنند.»

لوری که خود پشتش به وجود اسپروز گرم بود، بادی در گلو انداخت و گفت:

«علتش این‌ست که برای قهرمان شدن بدنیا نیامده‌اند.»

اژگهن‌های سیاه، که متوجه آنها در پشت بوته شده بودند، بسمت بوته متمایل شدند و لحن لوری فوری رنگ ترس به خود گرفت و گفت:

«انگار ما را دیدند!»

اسپروز به طعنه و طنز گفت:

«خودت را برای مبارزه آماده کن، قهرمان مادرزاد.»

لوری به روی خود نیاورد و گفت:

«متأسفانه در حال حاضر آمادگی‌اش را ندارم.»

و ناخودآگاه قصد رفتن داشت که اسپروز مانع او شد و گفت:

«حماقت نکن؛ پشت سر هم امن نیست.»

لوری به پشت سر نگاه کرد و چشمانش از شدت ترس گشاد شد. گروهی از همان موجودات نیز از پشت به آنها نزدیک می‌شدند. اسپروز آماده‌ی دفاع شد و لوری خود را به او چسباند. حلقه محاصره هر لحظه تنگ‌تر می‌شد که ناگهان صدای بوقی، با نوایی مخصوص، طنین افکند و متعاقب آن کاهنی با روی پوشیده و با سرعتی شگفت ظاهر شد که بوقی خمیده و بلند در دست داشت. اژگهن‌ها با دیدن او عقب نشستند و کاهن با صدایی رسا که تا دوردست شنیده شود، گفت:

«من کاموس، ناجی جنگل زرد، به شما ای گروه وحشیان فرمان می‌دهم اینجا را ترک کنید. این فرمان، فرمان روح معبد است و خشم او بر آنان که سرپیچی می‌کنند، همچون آتشی بر خاشاک باشد. دور شوید!»

با فریاد آخر او، اژگهن‌ها در اندک زمان گریختند و ناپدید شدند. کاموس خطاب به کسانی که مطمئن بود مخفی شده‌اند، با لحن یک منجی، لب به کلام گشود:

«اکنون شما ای ساکنین جنگل زرد، آزادید و از گزند یوزهای وحشی در امان.»

ابتدا نیانوش از سوراخ بیرون آمد و بعد دیگران که از هر طرف آمدند و به تبعیت از او، مقابل کاموس به خاک افتادند. نیانوش گفت:

«درود بر ناجی بزرگ!»

و بقیه هم به تقلید از او همین جمله را تکرار کردند. کاموس با همان لحن ادامه داد:

«اکنون آرامش به خانه‌ی شما بازگشت و به شکرانه‌ی آن، عهد دیرین خود را با روح معبد بیاد آورده و آنچه را که بر شما مقرر شده است بجای آورید.»

کاموس طوماری را پیش روی نیانوش انداخت و همین که او در برداشتن طومار اندکی تردید نشان داد، ندایی بلند سر داد:

«خشم روح معبد بر ناسپاسان، همچون آتش باشد بر خاشاک! سپاس بر

روح معبد!»

نیانوش فوری و به تبعیت از او گفت:

«سپاس بر روح معبد!»

و بقیه‌ی موجودات زرد نیز همین جمله را تکرار کردند. کاموس آخرین سخن را بر زبان آورد و گفت:

«اکنون بروید و نیک‌بختان امروز را انتخاب کنید.»

نیانوش، روی دو زانو، عقب رفت و بقیه هم به همان شیوه عقب رفتند و به زودی از چشم ناپدید شدند. با رفتن آنها کاموس قهقهه‌ای زد و کسی را که در پشت بوته‌ای پنهان بود مخاطب قرار داد:

«بیا دوست عزیز، که سور و سات جشن پذیرایی از شما فراهم شد!»

و کسی از پشت بوته بیرون آمد که دهان اسپروز و لوری از دیدنش باز ماند.

اسپروز با تعجب گفت:

«این که بیدرفش است! او اینجا چکار می‌کند؟»

لوری گفت:

«او خیانتی کرده است که چاره‌ای جز فرار نداشته. به وقتش همه را برایت تعریف می‌کنم.»

بیدرفش مستقیماً به طرف کوله‌پشتی اسپروز رفت و آن را از زمین برداشت و گفت:

«من صاحب این کوله را می‌شناسم. او دشمن قسم خورده‌ی فیلوس است.»

و با دیدن ژوبین هزارآینه در درون کوله، چشمانش برقی زد و گفت:

«و چیزی درون آن است که از دیدنش تعجب می‌کنی.»

بیدرفش ژوبین هزارآینه را بیرون آورد تا نشان کاموس بدهد. درخشش آن چشمان کاموس را آزرد و فریاد زد:

«آن را سر جایش بگذار، زود!»

بیدرفش ژوبین را درون کوله گذاشت و گفت:

«ولی این چیزی‌ست که فیلوس از تصاحبش شادمان می‌شود.»

کاموس کوله را از بیدرفش گرفت و بر شانه انداخت و گفت:

«پس دوستان ما از دیدنش خوشحال خواهند شد. برویم که آنها در معبد زرد منتظرمان هستند.»

کاموس و بیدرفش که رفتند، لوری به اسپروز نگاه کرد و گفت:

«این دیگر چه جور ناجی بزرگی است که بی‌اجازه آذوقه‌ی ما را دزدید؟»

اسپروز گفت:

«بدتر از آن، ژوبین هزارآینه را هم برد.»

و بلافاصله ادامه داد:

«ما باید هر طور بوده آن را پس بگیریم.»

لوری گفت:

«ولی من در حال حاضر به چیز دیگری فکر می‌کنم.»

اسپروز پرسید:

«به چه چیز؟»

«به این که اول دستبردی به میوه‌های این جنگل بزنیم و شکمی سیر کنیم.»

اسپروز راه افتاد و گفت:

«انگار تهدید نیایوش را فراموش کرده‌ای. راه بیفت، ما نباید آنها را گم کنیم.»

لوری بازوی اسپروز را گرفت و گفت:

«به تهدید نیایوش فکر نکن، من راهش را بلدم. اینطور.»

و فوری کلاهش را پایین کشید و تبدیل به یک اژگهن شد و نعره‌ای زد و گفت:

«این را که ببینند، سوراخ موش برایشان گشاد است.»

اسپروز با پیشنهاد او مخالفت کرد و گفت:

«تو می‌خواهی بمان و هر کار دلت خواست بکن، ولی من باید بروم و هزارآینه

را پس بگیرم.»

لوری به شکل خودش در آمد و در حالی‌که دنبال اسپروز راه افتاد بود، غرولندکنان گفت:

«میل خودت است، ولی بدان با این حساب، اهالی آلانان بزودی از جنازه‌ی دو قهرمان گرسنه مرده استقبال خواهند کرد.»

اسپروز برای آن که از شدت بداخمی لوری بکاهد، گفت:

«فکر نمی‌کردم که اینقدر ذلیل شکمت باشی. اگر می‌دانستم، همسفر دیگری پیدا می‌کردم.»

لوری خودش را لو داد و گفت:

«من هم اگه می‌دانستم رسیدن به درخت آرزو اینقدر دردسر دارد، به هویج‌های قرنطینه قناعت می‌کردم و چنین غلطی نمی‌کردم.»

اسپروز که می‌دانست لوری سال‌ها در طلب رسیدن به این آرزو، آژمان را رها نکرده بود، بی‌خبر از این‌که او اکنون نقشه‌ی راه رسیدن به آنجا را در اختیار دارد، گفت:

«هنوز امیدواری که به سیب درخت آرزو برسی؟»

لوری نقش بازی کرد و گفت:

«ای وجدان‌های بیدار! شما شاهد باشید که آژمان به من قول داده بود و نباید زیرش می‌زد!»

اسپروز گفت:

«کافی‌ست، اینقدر ناله نکن!»

صدای ناله و گریه‌ای دیگر، نالیدن را از یاد لوری برد. اسپروز نیز توجهش به صدا جلب شد. لوری گفت:

«فکر می‌کنم یکی دارد به حال ما گریه می‌کند.»

اسپروز ایستاد و جهت صدا را شناسایی کرد و گفت:

«صدا از پشت آن بوته است، گوش کن.»

جنبشی در پشت بوته حس شد و اسپروز با احتیاط گام پیش گذاشت. لوری جلو دوید، بازوی اسپروز را چسبید و گفت:

«صبرکن!... ممکن است دام باشد.»

اسپروز گفت:

«با این وجود ممکن‌ست یک نفر آنجا به کمک ما احتیاج داشته باشد.»

و هنوز اسپروز تصمیم به اقدام دیگری نگرفته بود که موجود زرد کوچکی از لابلای بوته‌ها بیرون آمد و به پای اسپروز افتاد و در حالی‌که زار می‌زد، گفت:

«کمک کنید! خواهش می‌کنم به من کمک کنید!»

اسپروز او را از جا بلند کرد و پرسید:

«تو کی هستی و چرا گریه می‌کنی؟»

موجود زرد جواب داد:

«اسمم تینوش است و خواهش می‌کنم مرا نجات بدهید!»

اسپروز دست او را گرفت و گفت:

«آرام باش تینوش و تعریف کن چه اتفاقی افتاده؟»

تینوش با بغض و گریه جواب داد:

«می‌خواهند مرا به معبد بفرستند. من نمی‌خواهم به آنجا بروم. من آنجا را دوست ندارم.»

اسپروز پرسید:

«چرا باید آنجا بروی؟»

و در همین هنگام و به شکلی غافلگیرانه سروکله‌ی نیانوش پیدا شد و با اشاره‌ی تهدیدآمیز به اسپروز گفت:

«تو حق پرسیدن این سؤال را نداشتی!»

و یکباره و انگار از زمین سبز شده باشند، گروهِ زیادی از موجودات زرد نیزه به

دست آنها را محاصره کردند. تینوش، جستی زد و در حالی‌که از ترس می‌لرزید، خود را در آغوش اسپروز انداخت. لوری هم که ترسیده بود، دوید و رفت کنار اسپروز ایستاد. نیانوش خطاب به اسپروز گفت:

«چرا شرطی را که گفتم، نادیده گرفتید؟ زودباش تینوش را رها کن!»

لوری آهسته به اسپروز گفت:

«دنبال دردسر که نمی‌گردیم؛ رهایش کن برود.»

تینوش دست در گردن اسپروز انداخت و ملتمسانه به او گفت:

«نگذارید مرا ببرند؛ خواهش می‌کنم!»

اسپروز با مهربانی به او گفت:

«نترس.»

و بعد خطاب به نیانوش گفت:

«این بچه از ما کمک خواست، شما بودید به او کمک نمی‌کردید؟»

نیانوش به جای پاسخ، با اشاره‌ی دست، افرادش را به حرکت فرمان داد. موجودات زرد، حلقه‌ی محاصره را تنگ کردند. لوری نالید و گفت:

«بدرود آلانان!... بدرود یارانِ با وفا! ما اکنون می‌رویم که به افسانه‌ها بپیوندیم.»

اسپروز آهسته به او گفت:

«لوری، حالا می‌توانی آن نقش را بازی کنی، می‌خواهم کمی آنها را بترسانی.»

گل از گل لوری شکفت و با شیطنت گفت:

«رخصت پهلوان!»

و فوری کلاهش را روی صورت پایین کشید و تبدیل به اژگهنی سیاه شد و نعره‌ای بلند سر داد. در یک چشم به هم زدن، گروهِ موجودات زرد، چنان گریختند و چنان با زردی محیط در هم آمیختند که انگار نبوده‌اند. لوری گفت:

«حالا وقت آن است که شکمِ سیری از میوه‌ها بخوریم.»

اسپروز گفت:

«کمی صبر کن!»

و بعد تینوش را زمین گذاشت و چند گام پیش نهاد و چون مطمئن بود که همه در همان دور و بر‌ند، آنان را مخاطب قرار داد:

«دوستان جنگل زرد، من قبلاً به شما گفته بودم، ما مسافریم و از سرزمین شما می‌گذریم و قصد آزار شما را نداریم... ما مهمان‌های خوبی هستیم، به شرط آن که شما هم میزبان مهربانی باشید.»

لحظاتی در انتظار سپری شد و بعد ابتدا نیانوش و در پیِ او بقیه، از زردیِ محیط بیرون آمدند و در حالی که زانو زده بودند و جمله‌ی «درود بر ناجیِ بزرگ!» را تکرار می‌کردند، چهار دست و پا به سمتِ اسپروز آمدند. اسپروز، نیانوش را از جا بلند کرد و با اشاره به تینوش از او پرسید:

«این بچه چرا گریه می‌کند؟... او از چه می‌ترسد؟»

نیانوش جواب داد:

«او انتخاب شده و باید همراهِ عده‌ای دیگر به معبد هدیه بشوند.»

اسپروز پرسید:

«چرا؟»

نیانوش جواب داد:

«روحِ معبد، همیشه ما را از شر ازگهن‌ها در امان نگهداشته. عهد بسته‌ایم که هر بار عده‌ای را برای خدمت به معبد بفرستیم.»

اسپروز گفت:

«ولی ازین بچه‌ی کوچک که کاری ساخته نیس.»

نیانوش سری تکان داد و گفت:

«اولاً تینوش بچه نیست و بیست سال دارد. ثانیاً به فرمان کاموس، اسم او هم در طومار قید شده است و باید به معبد برود.»

نامزد تینوش که همراه مادر او آمده بود، غمگین بود و اشک می‌ریخت. مادر تینوش، زاری کنان جلو آمد و خود را به پای نیانوش انداخت و گفت:

«خواهش می‌کنم، مرا به جای او بفرستید. او جوان‌ست و نامزد دارد!»

نیانوش با خشم او را کنار زد و گفت:

«ممکن نیست! می‌خواهی آرامش جنگلِ زرد را بر هم بزنی؟ اژگهن‌ها را فراموش کرده‌ای؟»

اسپروز جلو رفت و گفت:

«اما تعداد شما زیاد است. نیزه‌های تیز شما دل هر دشمنی را به لرزه می‌اندازد. چرا با اژگهن‌ها نمی‌جنگید؟»

نیانوش جواب داد:

«آنوقت همه نابود می‌شویم.»

برای لحظاتی سکوت برقرار بود و فقط گریه‌ی آرام مادر تینوش و نامزد او شنیده می‌شد تا دوباره نیانوش با لحنی غمزده لب به سخن گشود و گفت:

«سال‌هاست که اجداد ما این وضع را پذیرفته‌اند و ما هم چاره‌ای جز قبولِ آن نداریم.»

و سپس رو به مادر تینوش کرد و ملتمسانه گفت:

«بگذار فرزند تو را به معبد ببریم.»

مادر تینوش تسلیم درخواست نیانوش شد و از جا برخاست و مویه‌کنان رفت. تینوش سعی کرد دوباره به اسپروز پناه ببرد، اما چند نیزه به‌دست فوری مانعش شدند و او را دستگیر کردند. نگاه التماس‌آلود او دل لوری را به درد آورد و واکنشی نشان داد که اسپروز را شگفت زده کرد. او با صدای بلند گفت:

«به جای تینوش من می‌روم!»

لحظه‌ای سکوت برقرار شد و بعد نیانوش گفت:

«از جوانمردیت ممنونیم، ولی آنها تینوش را می‌خواهند.»

لوری جلو آمد و گفت:

«تینوش منم.»

و در مقابل چشمان متعجب نیانوش و افرادش، کلاه را روی صورت پایین کشید و تبدیل به تینوش شد. چرخی زد و خود را نمایش داد و گفت:

«آیا زیباتر از من موجود زردی در همه‌ی عمر دیده‌اید؟»

نیانوش که از رفتار خود نسبت به اسپروز و لوری شرمنده و پشیمان بود، گفت:

«شما دو نفر امروز، درس بزرگی به همه‌ی ما دادید... امیدوارم به خاطر رفتار بد، ما را ببخشید.»

اسپروز به طرف لوری رفت و مقابل او ایستاد و با کنجکاوی پرسید:

«لوری، تو واقعاً می‌خواهی این کار را بکنی؟»

لوری بی‌درنگ سرش را به نشانه‌ی تأیید تکان داد و با نگاه به دوردست گفت:

«از کودکی حسرت یک کار مهم به دلم مانده بود.»

و بعد به اسپروز نگاه کرد و پرسید:

«بنظر تو این کار مهمی است؟»

اسپروز او را در آغوش کشید و با لحنی ستایش‌آمیز جواب داد:

«مهم‌تر از آنچه که فکرش را بشود کرد. لوری تو یک قهرمان بزرگی، یک قهرمان بزرگ واقعی!»

بعد او را از خود جدا کرد و در چشمانش نگریست و ادامه داد:

«تو را تنها نمی‌گذارم. ما به کمک هم پرده از رازِ معبد بر می‌داریم، با هم!»

•••

فرسنگ‌ها دورتر، روشنک در تار و پود قالی نقش اسپروز را دید و سخن او را شنید. او قطره‌های اشک شوق را از گونه پاک کرد و در دل گفت:

«برایتان از ته دل آرزوی بهروزی می‌کنم مردان شجاع آلانان!»

و اجازه داد تا انگشتانش به فرمان دل، تار و پود قالی را همچون تارهای چنگ به ارتعاش درآورد و با نقشی دگر، همسفر محبوبش شود.

•••

بر تن گروهی که قرار بود به معبد هدیه شوند، شنل‌های سفید پوشانده شد و با ریسمانی بلند به یکدیگر متصل شدند که در میانشان به جز لوری که جایگزین تینوش شده بود اسپروز هم بود که سعی می‌کرد خمیده برود تا از نظر قد و قامت متمایز نباشد.

تینوش هم که بعد از رهایی از بردگی نتوانسته بود با وجدان خود کنار بیاید، شجاعانه تصمیم گرفت که با اسپروز و لوری همراه شود و در مبارزه‌ی آن دو سهمی داشته باشد و با همین اراده، بی‌آن که به کسی بگوید، گروه شنل پوش را تعقیب کرد تا در فرصت مناسب به هدیه شوندگان ملحق شود.

گروه شنل پوش که به محوطه‌ی معبد زرد رسیدند، با اشاره‌ی دست نیانوش همه از حرکت بازایستادند.

معبد، درون صخره‌های زرد حجاری شده و درواقع جزیی از کوه بود و دروازه‌ای سنگی بر هیبت آن می‌افزود.

نیانوش با صدایی رسا بانگ برآورد:

«ای روح معبد! ای حامی جنگل زرد!... ما اکنون به عهد دیرینه‌ی خود عمل کرده و به آنچه مقرر فرموده‌اید، گردن نهادیم... مِهرتان بر ما افزون باد!»

بقیه با هم جمله‌ی آخر نیانوش را تکرار کردند و دیری نگذشت که دروازه‌ی سنگی معبد با غرشی خوف‌انگیز گشوده شد. نیانوش به خاک افتاد و گروه هدیه شونده نیز زانو زدند و روی زانو، به سمت دروازه‌ی معبد پیش رفتند. تینوش همانجا، از فرصت استفاده کرد و با استتار در زیر دنباله‌ی بلند شنل سفید اسپروز، همراه بقیه، وارد معبد شد و دروازه‌ی سنگی، با همان صدای رعب‌انگیز

بر رویشان بسته شد.

آنها بعد از ورود به معبد، همچنان روی دو زانو، چهار دست و پا از دالان سنگی تنگ و نیمه روشنی، جلو رفتند. بخار آب، فضا را پوشانده بود و صدای جوشش آب شنیده می‌شد و کمی بعد همه مجبور شدند که از حوضچه‌ی آب گرم عبور کنند.

لوری کلافه از گرمای آب غرولندکنان گفت:

«عجب آب داغی! انگار قرار است قبل از خدمت در معبد آب پز بشویم.»

اسپروز گفت:

«بنظرم خدمت در معبد یک بهانه است.»

تینوش در حالی‌که غوطه‌ور بود، پرسید:

«پس می‌خواهند چکارمان کنند؟»

اسپروز جواب داد:

«صبر کنیم معلوم می‌شود.»

و تازه متوجه وجود تینوش شد و با تعجب پرسید:

«تو اینجا چکار می‌کنی تینوش؟»

تینوش سرش را پایین انداخت و گفت:

«لطفاً مرا سرزنش نکنید؛ دور از جوانمردی بود، شما را تنها بگذارم.»

ورود به مرحله‌ی بعد مجال صحبت به آنها نداد. پس از خروج از حوضچه‌ی آب گرم، همه در معرض وزش باد، خشک شدند و بعد در سراشیب تنگ و لیزی قرار گرفتند که هر لحظه به سرعتشان افزوده می‌شد و در آخر بر روی تسمه‌ی نقاله‌ی پهنی فرو افتادند که در مسیر عبور آن، ابتدا تیغه‌ای ریسمان اتصال آنها را قطع کرد و بعد چنگکی آنها را برداشت و هر کدام را درون یک بشقاب بزرگ قرار داد و در مرحله‌ی آخر، روی هر یک سرپوشی گذاشته شد و کنار سرپوش دشنه‌ای تیز درون بشقاب قرار گرفت. آخرین نفرات لوری و تینوش بودند که

نصیب آنها یک بشقاب و یک سرپوش مشترک شد.

بشقاب‌ها و محتویات آن، در انتهای مسیر، وارد تالار بزرگی با سقف بلند شدند. در میان تالار، میز سنگی عریضی با صندلی‌های سنگی وجود داشت و بشقاب‌ها روی میز سُریدند و جلوی صندلی‌ها قرارگرفتند. دو بشقاب محتوی اسپروز و لوری وتینوش، مقابل دو صندلی کنار هم در رأس میز ناهارخوری قرار گرفتند.

برای لحظاتی سکوت مستولی بود و بعد از آن اسپروز سرپوش ظرفی راکه درون آن بود کمی بالا زد و به اطراف را نگریست و سپس چند ضربه به سرپوش ظرف کناری زد. سرپوش آهسته بلند شد و تینوش با اشاره به لوری، اسپروز را به سکوت دعوت کرد و آهسته گفت:

«هیس! لوری خواب است.»

لوری واقعاً خواب بود و خرناس می‌کشید. اسپروزگفت:

«حالا چه وقت خواب‌ست؟... آهای لوری!»

لوری از خواب پرید وگفت:

«چه خبرست؟... صبح شده؟»

اسپروز به اوگفت:

«دورو برت را نگاه کن.»

لوری چشمانش را مالید و به اطرافش نگاه کرد و ظرف‌های سرپوش‌دار را روی میز دید و بعد نگاهی به ظرفی که خودش و تینوش درون آن بودند افکند وگفت:

«خدمتکارِ توی بشقاب ندیده بودیم!»

اسپروزگفت:

«خدمتکار نه البته و بلکه خوراک آماده و باب دندان.»

قبل از آن که لوری و تینوش ابراز ترس کنند، صدای گفتگوی عده‌ای از

دور موجب شد که آنها دوباره زیر سرپوش‌ها مخفی شوند. کمی که گذشت اسپروز دوباره سرپوش را بالا زد و بیرون را نگاه کرد و دید کاموس در حالی که کوله‌پشتی او را با خود داشت همراه بیدرفش و عده‌ای دیگر می‌آمدند. اکنون کاموس روبندش را کنار زده و چهره‌ی او دیده می‌شد. او یک اژگهن سیاه با چشمان سرخ بود و تمام کسانی هم که در پی او می‌آمدند اژگهن‌هایی بودند در لباس‌های مختلف مقامات لشگری و کشوری. اسپروز زیر لب گفت:

«حالا دیگر همه چیز روشن شد. لعنتی‌های فریبکار!»

بیدرفش و کاموس در صدر و بقیه اطراف میز نشستند. اکنون در مقابل کاموس، ظرف محتوی اسپروز و در مقابل بیدرفش، ظرف محتوی لوری و تینوش قرار داشت. کاموس لب به سخنرانی گشود و گفت:

«دوستان... این مراسم به احترام میهمان عزیز ما، بیدرفش جوجه خوار برپا شده است. ایشان با شناسایی محتویات این کوله، غنیمتی را نصیب ما کردند که بهترین هدیه برای فیلوس بزرگ است.»

کاموس بعد از گفتن این سخن، دست در کوله‌ی اسپروز کرد و با احتیاط ژوبین هزارآینه را بیرون آورد. نورافشانی هزارآینه، چشمان اژگهن‌ها را آزار داد و آنها با وحشتی آمیخته با تنفر، چشمان خود را با دست پوشاندند. کاموس که خود نیز چشمانش آزرده شده بود، هزارآینه را دوباره در کوله جای داد. وقتی اوضاع به حالت عادی بازگشت، کاموس رو به بیدرفش کرد و گفت:

«حالا از جناب بیدرفش درخواست می‌کنیم که با سخنان خود، ما را مفتخر فرمایند.»

بقیه اژگهن‌ها دست زدند و بیدرفش به احترام آنان سر تکان داد و با اشاره به ظرف مقابل خود گفت:

«چگونه از شما تشکر کنم که هم اکنون، بوی محبت‌های شما بینی‌ام را تحریک کرده و معده‌ام را قلقلک می‌دهد.»

همه از حرف وی با صدای بلند خندیدند و او ادامه داد:

«وای کاش معده‌ام زبان داشت و قصه‌ی سالیان دراز غم هجران جوجه‌ها را باز می‌گفت.»

بعد از جا بلند و با شور و حرارت به ایراد سخنرانی پرداخت و گفت:

«دوستان!... ستمی عظیم بر من رفته است از جماعت آلانان... و سوگند می‌خورم که در روزهای نه چندان دور، با یاری شما عزیزان، بر آنان یورش برده و شکم از لاشه‌ی آن تنگ نظران انباشته خواهیم ساخت!»

اژگهن‌ها غریو شادی سر دادند و با تکان دادن مشت‌های گره کرده حمایت خود را اعلام کردند. کاموس رشته‌ی سخن را به دست گرفت و گفت:

«اکنون، ما از بیدرفش عزیز تقاضا می‌کنیم طعام لذیذی را مزه کنند که برای همیشه جوجه را از نظرشان بیندازد!»

همه‌ی حضار دست زدند و بیدرفش را به این کار تشویق کردند. بیدرفش نشست و پس از لحظه‌ای مکث، با یک حرکت نمایشی، سرپوش را برداشت و از دیدن جانوشیار، ابتدا چشمانش از تعجب و ترس گرد شد و سپس ناخودآگاه همراه با ادای کلمه‌ی «نه!» نعره‌ای کشیده و از پشت معلق شد. همزمان سرپوش ظرفی که اسپروز در آن بود به هوا پرتاب شد و او با برداشتن دشنه، برای مبارزه با حداقل امکانات آماده شد. اژگهن‌ها، ناخودآگاه، جا خوردند و عقب نشستند. لوری که خود را به شکل جانوشیار درآورده بود، دوباره به شکل اصلی برگشت و از ظرف بیرون پرید. تینوش هم که پشت او پنهان شده بود، خود را نمایان کرد و هر دو در کنار اسپروز به دشنه مسلح شدند. اسپروز فریادی رسا سر داد و گفت:

«برای مرگ آماده شوید ستمگران حیله‌گر!»

و خطاب به موجودات زرد هدیه شده به معبد که سرپوش‌ها را کنار زده بودند وهاج و واج نگاه می‌کردند، ادامه داد:

«اهالی جنگل زرد، اکنون چهره‌ی حقیقی ناجی خود کاموس را ببینید. کسی که سالیان دراز فریب حیله‌های او را خوردید و داوطلبانه و با پای خود، به کام درنده‌ی او و همجنساش افتادید. اکنون وقت انتقام است، برخیزید دوستان!»

موجودات زرد که تینوش را هم آماده مبارزه می‌دیدند، دشنه‌ها را برداشتند واز درون ظرف‌ها بیرون آمدند.

در این فاصله بیدرفش که از ترس چهار دست و پا به زیر میز خزیده بود، با دیدن دیگر مقامات اژگهن که به همان ترتیب به او ملحق می‌شدند، وحشت‌زده گفت:

«بهترست همینجا یک جلسه‌ی اضطراری تشکیل بدهیم، دوستان!»

کاموس که در تالار تنها مانده بود، به حیله‌ی همیشگی متوسل شد و با یک حرکت بوق بلندش را از کمر برداشت و نوای مخصوص را در آن دمید. گروه موجودات زرد که به این نوا آشنا بودند، ناخودآگاه و یک به یک دشنه‌ها را انداختند و به طرف بشقاب‌ها رفتند و درون آن زانو زدند

اسپروز بر سرشان فریاد زد:

«گول نخورید، این نوای شوم، نوای مرگ شماست. از جا برخیزید!»

تینوش که او نیز دشنه را انداخته بود با خجالت آن را برداشت. کاموس که پوزخند بر لب داشت. نوایی تازه نواخت و با این نوا، دیوار انتهای تالار کنار رفت و گروه عظیمی از اژگهن‌ها مسلح به شمشیر و نیزه و سپر، به درون ریختند و همچون دژی از آهن صف بستند. اسپروز به لوری و تینوش گفت:

«حالا ما فقط سه نفر هستیم و می‌جنگیم.»

لوری گفت:

«آنان زیادند و ما شکست می‌خوریم.»

اسپروز گفت:

«چاره‌ای نداریم، می‌جنگیم، شاید راه نجاتی پیدا کنیم.»

کاموس فاتحانه فریاد برآورد:

«اکنون آماده شوید تا نوای مرگ شما را بنوازم.»

کاموس با بوق نوایی دیگر سر داد. با این نوا اژگهن‌ها به حرکت درآمده و لحظه‌ای بعد تالار و روی میز را اشغال کردند و بسمت اسپروز، لوری و تینوش پیش آمدند.

اسپروز آهسته به لوری گفت:

«سعی کن آن بوق را از چنگش در بیاوری.»

و خود با فریادی بلند، یک تنه به مصاف گروه یوزپلنگان رفت و با آنان درگیر شد.

لوری به تینوش گفت:

«ببینم، می‌توانی یک مأموریت کوچولو برایم انجام بدهی؟»

تینوش صاف ایستاد و گفت:

«تینوش در خدمت شماست!»

لوری سرپوشِ ظرف را برداشت و با مهارت به سمت کاموس پرتاب کرد. سرپوش چرخ زنان رفت و پس از برخورد با بوق، آن را از دست و دهانِ کاموس جدا ساخت.

لوری خطاب به تینوش گفت:

«برو بگیرش!»

تینوش به سمت بوق جهید. کاموس نیز برای گرفتن آن دوید، و درست در لحظه‌ای که دست کاموس زودتر از تینوش به بوق می‌رسید، دشنه‌ای که لوری پرت کرد، در پنجه‌ی او فرو رفت و مجبور شد از درد بوق را رها کند. تینوش، بوق را در هوا گرفت و برای لوری انداخت. اسپروز ضمن آن که با اژگهن‌ها می جنگید، تینوش را به خاطر کارش تشویق کرد و به لوری گفت:

«لوری حالا نوبت توست که هنرت را نشان بدهی.»

لوری متوجه منظور اسپروز شد و گفت:

«لوری یک نوازنده‌ی بزرگ هم، نیز می‌باشد!»

و با همه‌ی نفس در بوق دمید. سپاهِ اژگهن‌ها یکباره منفعـل شـدند، در جـا عقب گرد کردند و با آوای بـوق، شـروع بـه تـرک صحنـه‌ی نبـرد نمودنـد. کامـوس دندان‌ها را از شدت خشم به هم سایید و از زیر لباس، بوقی تاشو را بیرون آورد که با بازکردن، تبدیل به بوقی بسیار بلندتر و قوی‌تـر از اولـی شـد و در آن دمیـد. سپاه اژگهن‌ها بازگشتند و دوباره با اسپروز درگیر شدند. لوری هم نواخت، و سپاه را لحظه‌ای دیگر، منفعل ساخت و بازکامـوس نواخـت و بـه ایـن ترتیـب پی‌درپـی جنگ و گریزی مضحک روی می‌داد. نوای بوق کامـوس کـه بـه مراتـب رسـاتر بـود، بـر نـوای بـوق لـوری چربیـد و در نتیجـه، هـر بـار اسـپروز اندکـی عقـب می‌نشسـت و در هر هجوم دوباره، بشقاب محتـوی موجـودات زرد، توسـط یوزپلنگان بـه سـمتی افکنـده می‌شـد.

در زیر میز، بیدرفش و مقامات اژگهن همچنان در گوشه‌ای به یکدیگر چسبیده بودند. یکی از آنها گفت:

«انگار جنگ به نفع ما ادامه دارد.»

بیدرفش که سعی می‌کرد خودش را نبازد گفت:

«دلم می‌خواد بدانم، آن لوری بدترکیب کشته شده یا نه؟»

روی میز، اسپروز تا کنار لوری عقب رانده شده بود و تینوش با همه‌ی وجود پا به پای او مبارزه می‌کرد. لوری وسط بوق زدن گفت:

«اسپروز، بابا یک کاری بکن، نفسم برید.»

اسپروز به او گفت:

«تو مشغول باش، من راه نجاتی پیدا می‌کنم.»

در همین هنگام صدای سوت بلندی از بالا شنیده شد و متعاقب آن صدای جانوشیار از سقف به گوششان رسید که می‌گفت:

«راه نجات اینجاست.»

توجه هر سه با هم متوجه سقف بلند تالار شد و جانوشیار را درون در حجره‌ای در سقف دیدند. او پلکانی ریسمانی پایین انداخت و داد زد:

«زود باشید، بیایید بالا!»

اسپروز، دست لوری و تینوش را گرفت و با خود به سمت پلکان دواند و در سر راه کوله‌اش را نیز از روی میز برداشت. سپاه اژگهن‌ها با نوای بوق و فریادهای کاموس به تعقیب آنان رفتند. در زیر میز مقامات اژگهن با حدس و گمان خوشحال بودند. یکی از آنها گفت:

«فکر می‌کنم دشمن در حال فرارست.»

بیدرفش نفس راحتی کشید و گفت:

«من به کسی که لوری را دستگیر کند یک جایزه‌ی مخصوص هدیه می‌دهم.»

اسپروز و دوستانش، با تشویق‌های جانوشیار به ریسمان رسیدند و از آن بالا رفتند.

کاموس بر سر اژگهن‌ها داد کشید و گفت:

«نگذارید فرار کنند، بی‌عرضه‌ها!»

اولین اژگهن خودش را به ریسمان رساند و از آن بالا رفت. جانوشیار که از بالا می‌دید، داد زد:

«زود باشید، دارند بالا می‌آیند!»

اژگهن‌های بعدی هم خود را به ریسمان رساندند و یکی بعد از دیگری شروع به بالا آمدن کردند. اسپروز به لوری گفت:

«لوری، هنری نشان بده!»

لوری فکری به نظرش رسید و در بوق، نوای رقص دمید. اژگهن‌های روی میز و تالار، ناخودآگاه به رقص درآمدند. کاموس با بوقش به جان آنها افتاد و پی‌درپی تکرار کرد:

«حالا چه وقت رقصیدن است احمق‌ها؟... آنها را تعقیب کنید!»

البته خودش هم در مقابل آهنگ بوق لوری، مقاومتش را از دست داد و در عین حالی‌که خشمگین و عصبانی بود و به اژگهن‌ها بد و بیراه می‌گفت، به طرز مضحکی کمر می‌جنباند. اژگهن‌هایی که به ریسمان آویخته بودند نیز به رقص درآمده بودند و هر یک، روی سر دیگری سقوط می‌کردند.

اسپروز به جانوشیار رسید و با کمک او وارد حفره‌ی سقف شد و خود به لوری و تینوش کمک کرد که وارد آنجا شوند.

در زیر میز، بیدرفش و مقامات اژگهن بی‌خبر از آنچه اتفاق افتاده بود با تعجب به نوای بوق و صدای پایکوبی و پاهایی که در حال رقص بودند، نگاه می‌کردند. بیدرفش گفت:

«یکی بیرون برود ببیند چه خبرست.»

یکی از اژگهن‌ها گفت:

«معلوم‌ست؛ پیروزیمان را جشن گرفته‌اند.»

بیدرفش نیشش باز شد و گفت:

«پس امیدوارم سهم ما را هم از گوشت آنها کنار گذاشته باشند.»

اما برخلاف تصور بیدرفش و مقامات اژگهن، آن چهار تن از مهلکه گریخته و از راه مخفی خود را به بیرون معبد رسانده بودند. جانوشیار خودش را از شکاف کوه بیرون کشید و پس از آن‌که با دقت اطراف را نگریست، بقیه را در درون شکاف مخاطب قرار داد و گفت:

«بیایید بیرون، دیگر خطری ما را تهدید نمی‌کند.»

اسپروز و پشت سر او لوری و تینوش از شکاف بیرون آمدند. جانوشیار گفت:

«ممکن‌ست ما را تعقیب کنند، بهترست از اینجا دور شویم.»

اسپروز گفت:

«کاری می‌کنیم که اگه دنبال ما آمده باشند، سرشان به سنگ بخورد.»

و با قدرت یک پهلوان شروع به غلتاندن تخته‌سنگ بزرگی به سمت شکاف کرد.

لوری هم حس قهرمانیش گل کرد و ضمن رفتن به کمک اسپروز، خطاب به جانوشیار و تینوش گفت:

«بجنبید بچه‌ها، برای قهرمان شدن همیشه فرصت نیست.»

جانوشیار و تینوش هم به کمک آن دو شتافتند. وقتی تخته‌سنگ، شکاف کوه را کاملاً مسدود کرد، به جز اسپروز که هنوز سرحال و چابک بود، بقیه از شدت خستگی هرکدام گوشه‌ای ولو شدند. اسپروز اولین کاری که کرد تشکر از جانوشیار بود که به کمکشان آمده بود و از او پرسید که چطور پیدایشان کرده است. جانوشیار توضیح داد:

«نیانوش ماجرای شما را برایم تعریف کرد و فهمیدم که چه بلایی ممکن‌ست به سرتان بیاید، و از آنجا که شَمِ جانوشیار به او می‌گفت که همه‌ی معابد مخوف افسانه‌ها، یک راه مخفی برای وقت مبادا داشته‌اند، گشتم و پیدا کردم.»

لوری گفت:

«جناب جانوشیار انصافاً شما هم به سهم خود قهرمانید.»

جانوشیار که اصول کار خود را به هر تعریفی ترجیح می‌داد، با لحنی خشک و جدی گفت:

«لوری، سعی نکن با زبان بازی دل مرا به دست بیاوری. درست است که در غربت به سر می‌بریم، اما جانوشیار همان جانوشیارست و از نظر قانونی تو به چند جرم متهم هستی و تا بازگشت به آلانان، به تو دستور می‌دهم که یک لحظه هم از جلوی چشم من دور نشوی.»

لوری خود را متعجب نشان داد و گفت:

«اما لوری یک بی‌گناه بزرگ‌ست!»

و چون می‌دانست که جانوشیار همیشه برای او جرمی در چنته دارد، با لحنی

فریبنده ادامه داد:

«پیله نکنی، قول می‌دهم جبران گذشته را بکنم. کاری می‌کنم توی جواهر غلت بزنی.»

جانوشیار گوش او را گرفت، پیچاند و با اخم گفت:

«حواست باشه، پیشنهاد رشوه به یک مأمور با وجدان، تنها جرمت را سنگین‌تر می‌کند.»

لوری قیافه‌ای مظلومانه به خود گرفت و گفت:

«آدم توی دیار غربت دلش می‌گیرد؛ حرف‌ای شما هم جانوشیار جان، غصه‌های آدم را بیشتر می‌کند، در اینصورت زندگی دیگر چه ارزشی دارد؟... خدا نگهدار جانوشیار عزیز!»

و کلاهش را بر سر کشید و تبدیل به یک گربه شد و پیش پای جانوشیار ولو شد و میومیوکنان خودش را برای او لوس کرد، طوری که یخ جانوشیار آب شد و در حالی‌که سعی می‌کرد خود را از مزاحمت او خلاص کند، با خنده گفت:

«اگه مورچه هم بشوی، باز از نظر من همون لوری هزارچهره‌ی حقه‌باز هستی.»

اسپروز از رفتار آن دو خنده‌اش گرفته بود. تینوش که ناظر این صحنه بود با حسرت گفت:

«چه دوستان خوبی! خوش به حالتان!»

اسپروز از او پرسید:

«دلت می‌خواست با ما باشی؟»

تینوش که انگار منتظر همین تعارف بود، با اشتیاق جواب داد:

«خیلی!... خواهش می‌کنم مرا با خودتان ببرید... خواهش می‌کنم!»

اسپروز با درخواست او مخالفت کرد و گفت:

«نه، تو باید به جنگل زرد برگردی و آنچه را که در معبد دیدی برایشان تعریف کنی.»

تینوش گفت:

«کسی حرف مرا باور نمی‌کند.»

«باید سعی کنی.»

بعد دست او را در میان دستان خود گرفت و چشم در چشمش دوخت و گفت:

«آرزو می‌کنم روزی که مردم شما مقابل اژگهن‌های سیاه سینه سپر کردند، سردار این مبارزه تو باشی.»

سخن اسپروز کاملاً روحیه‌ی تینوش را تغییر داد و در حالی‌که لبخندی باشکوه بر لبانش نقش بسته بود، نگاهش را به دوردست، به جنگل زرد دوخت و گفت:

«هرگز شما دوستان مهربان را فراموش نمی‌کنم.»

فرسنگ‌ها دورتر، در آلانان، روشنک با سر انگشتان عشق بر تار و پود فرش نقش می‌زد و قلبش را همسفر محبوب خود می‌کرد. او همچنان در بیم و امید بود که چه سرنوشتی در انتظار اسپروز و همسفران اوست.

سوم • سرزمین هفت‌قلعه •

اسپروز، جانوشیار و لوری پس از خداحافظی با تینوش، تمام طول روز را راه پیمودند و شب که فرا رسید، آتشی افروختند و کنار آن بیتوته کردند. آنها در تمام این مدت متوجه نشدند که بیدرفش هم از معبد گریخته است و بعد از پیداکردن رد آنها، دورادور تعقیبشان می‌کند و مراقب است که گمشان نکند. حتی جانوشیار هم که در حفظ و مراقبت زبانزد بود، متوجه حضور او نشد. کمی که خستگیشان در رفت و لقمه شامی خوردند، لوری که واهمه‌ای از افشای معامله‌اش با آژمان در نزد جانوشیار نداشت و در راه درباره‌ی آن حرف زده بود، آرزومندانه لب به سخن گشود و گفت:

«یعنی ممکن است روزی تنها سیب آن درخت، توی دستم باشد؟»

اسپروز از او پرسید:

«خیلی دلم می‌خواهد بدانم بزرگترین آرزویت چیست.»

لوری آرزویش را لو نداد و گفت:

«هنوز به آن فکر نکرده‌ام.»

جانوشیار طبق معمول توی ذوق او زد و گفت:

«معامله‌ای با آژمان کرده‌ای، حرفی در آن نیست، ولی فراموش نکن قبل از رسیدن به هر آرزویی باید دوران محکومیتت را بگذرانی.»

لوری دلخور از سخن جانوشیار، گفت:

«آه! جناب جانوشیار اجازه نمی‌دهد که آدم حتی با خیالاتش هم خوش باشد.»

اسپروز در حمایت از او گفت:

«غصه نخور لوری، آژمان را که پیدا کردیم، دلایل زیادی برای تبرئه‌ی تو دارد. اما الان همه خسته‌ایم، تمام روز را راه پیموده‌ایم و بهترست استراحت کنیم.»

جانوشیار پیشنهاد داد که به نوبت نگهبانی بدهند و اسپروز به عنوان نفر اول اعلام آمادگی کرد و بیدرفش که در فاصله‌ای نزدیک با آنها در چاله‌ای پنهان شده بود و سخنانشان را می‌شنید، با شناختی که از لوری داشت، زیر لب گفت:

«من با نفر آخرتون کار دارم!»

حدس بیدرفش درست بود و لوری آخرین نفری بود که نوبت نگهبانی‌اش شد. با شروع نگهبانی او، اسپروز خواب بود و جانوشیار هم که نگهبانی را تحویل داده بود، به زودی خوابش برد و صدای خروپفش بلند شد. لوری که کنار اجاق آتش نشسته و بر اثر گرمای آتش چرتش گرفته بود، با توجه به سر و صدای خرناس جانوشیار، غرولندکنان زیر لب گفت:

«نگاه کن چه خروپفی راه انداخته! اجازه نمی‌دهد که آدم چرت راحتی بزند.»

ولی فوری به یاد وظیفه‌اش افتاد و به خودش نهیب داد:

«ولی نه لوری، تو نباید بخوابی؛ این دور از مرام پهلوانی است.»

ولیکن علیرغم توصیه‌ای که به خودش کرد، بزودی پلک‌هایش بر روی هم

همین لحظه بود، لبخندی موذیانه زد و چوبی را که

افتاد. بیدرفش که مترصد همین لحظه بود، لبخندی موذیانه زد و چوبی را که در دست داشت، تکان داد و زیر لب گفت:

«حالا وقتش است که بیایم به سراغت!»

و بعد پاورچین و با احتیاط، از پشت به لوری نزدیک شد و پنجه بر دهان او نهاد. لوری وحشت‌زده چشمانش را باز کرد. بیدرفش کنار گوش لوری گفت:

«صدایت درنیاید، خفه‌ات می‌کنم قورباغه!»

لوری تلاش کرد که خود را برهاند، اما بیدرفش به او مجال نداد و با چوب ضربه‌ای بر سرش زد که از هوش رفت.

او وقتی که به هوش آمد، فهمید که طناب پیچ شده و با ریسمانی از شاخه‌ی درخت آویزان است و از سرتا پایش عرق می‌ریزد. بیشتر که دقت کرد متوجه آتشی شد که در زیر پایش شعله‌ور بود و بی‌اختیار فریادش درآمد:

«سوختم، کمک!»

صدای قهقهه‌ی تمسخرآلودی او را متوجه بیدرفش کرد که به درختی تکیه داده بود و کوله‌پشتی‌های اسپروز و جانوشیار در کنارش بودند. بیدرفش پس از خنده با تمسخر گفت:

«مطمئن باش صدایت به گوش هیچ‌کس نمی‌رسد.»

لوری با ترس گفت:

«چه از جانم می‌خواهی؟»

بیدرفش قهقهه‌ی دیگری زد و گفت:

«فکرش را هم نمی‌کردی اینطور گیرت بیندازم، قورباغه‌ی خبرچین!»

لوری ملتمسانه گفت:

«مرا بیاور پایین؛ دارم می‌پزم.»

بیدرفش با شیطنت گفت:

«هنوز کجایش را دیده‌ای؟ به زودی روغنت هم درمی‌آید.»

لوری با لحنی گول زننده گفت:

«مرا پایین بیاوری خبرهای خوبی برایت دارم.»

بیدرفش از جا بلند شد و مقابل لوری ایستاد و گفت:

«دیگر فریبت را نمی‌خورم. کی بود رفت پیش جانوشیار عوضی و مرا لو داد؟»

لوری شانه بالا انداخت و گفت:

«من چه می‌دانم.»

بیدرفش تکه هیزم نیم‌سوزی برداشت و گفت:

«غیر از توکی می‌توانست باشد آدم فروش؟ کبابت می‌کنم!»

لوری از ترس داد زد:

«صبر کن!»

بیدرفش خندید و گفت:

«می‌ترسی، ها؟»

لوری با لحنی که دل او را به رحم آورد گفت:

«توکه مُهرِ فیلوس را داری و هر چی بخواهی به دست می‌آوری؛ انتقام‌گیری از یک موجود فلک‌زده در شأن تو هست؟»

بیدرفش با خنده‌ای از سر غرور گفت:

«خوشم آمد که لااقل تو یکی شیرفهم شده‌ای که بیدرفش صاحب چه قدرتی شده.»

لوری گفت:

«پس مرا آزاد کن، قول می‌دهم این حقیقت را به همه بگویم.»

بیدرفش گفت:

«نچ! کافی نیست.»

لوری پرسید:

«بیشتر از این چه می‌خواهی؟»

بیدرفش گفت:

«آن روز کذایی قرار معامله‌ای را با هم گذاشتیم که تو یک طرفه فسخش کردی... حالا وقتش است که آن نقشه را تحویلم بدهی؟»

لوری خود را به نفهمی زد و گفت:

«کدام نقشه؟»

بیدرفش گفت:

«خودت را به خریت نزن. نقشه‌ی رسیدن به درخت آرزو را می‌گویم؛ همان که با زرنگی از آژمان گرفتی. تفتیشت کردم، نبود. بگو کجا قایمش کردی؟»

لوری با صدای بلند خندید و گفت:

«آن را می‌گویی؟... چقدر تو خوش باوری! مرد حسابی اگر آژمان آن نقشه را داشت تا اسپروز مانده به من می‌داد؟ افسانه است مؤمن، افسانه!»

بیدرفش هیزم گداخته را به صورت لوری نزدیک کرد و گفت:

«ببین قورباغه، من وقت ندارم؛ یا می‌گویی آن نقشه کجاست، یا آتشت می‌زنم.»

لوری بلافاصله گفت:

«قورتش دادم.»

بیدرفش هیزم گداخته را نزدیک‌تر برد و گفت:

«دروغ می‌گویی.»

لوری گفت:

«مجبور بودم... تو فکر می‌کنی با وجود جانوشیار، جرأت داشتم با خودم داشته باشمش؟ جانوشیار از من و تو بیشتر در فکر آرزوهای بزرگ است.»

بیدرفش با سوءظن پرسید:

«پس به چه امیدی دنبال اسپروز راه افتادی؟ تو که دل این کارها را نداری؟»

لوری جواب داد:

«گفتم شاید کلاهی ازین نمدگیر من هم بیاید و از تو چه پنهان مثل سگ پشیمانم الان.»

بیدرفش پس از لحظه‌ای مکث، هیزم گداخته را رهاکرد و گفت:

«حیف که دارد صبح می‌شود و وقت کم است، وگرنه راست و دروغ تو را معلوم می‌کردم. فقط یادت باشد، هرجاکه بروی، بیدرفش زاغ سیاهت را چوب می‌زند. وای به حالت اگر به من کلک زده باشی!»

بیدرفش کوله‌ها را برداشت و رفت. سر راه، مشتی هم حواله‌ی لوری کرد و گفت:

«یادت نرود!»

لوری که بر اثر این ضربه در هوا تاب می‌خورد، نگاهی به اجاق زیر پایش کرد و به دنبال بیدرفش داد زد:

«بی‌انصاف لااقل اجاق را خاموش کن!»

بیدرفش در پاسخ او فقط با صدای بلند خندید و در میان انبوه درختان ناپدید شد. لوری نگاهی دیگر به زیر پایش انداخت و چون حالت تاب خوردن، او را برای لحظاتی از شعله و گرمای آتش دور می‌کرد، سعی کرد به حالت آونگی خود تداوم بخشد تا زمانی که صدای اسپروز و جانوشیار را شنید که او را به نام صدا می‌زدند و چون دید که آنها از دور دارند می‌آیند، فوری از تکاپو باز ایستاد و خودش را به خواب زد و گردنش را کج کرد و خُروپُف راه انداخت.

اسپروز و جانوشیار که بعد از بیداری متوجه ناپدید شدن وسایلشان و غیبت لوری شده بودند، در جستجوی او می‌آمدند که اسپروز متوجه شد فردی از درخت آویزان است. از جانوشیار پرسید:

«به نظر تو آن که از درخت آویزانست، لوری نیست؟»

جانوشیار با دقت نگاه کرد و جواب داد:

«خودش است.»

اسپروز به طرف درخت دوید و چون لوری را در آن وضعیت غیرطبیعی دید، فوری اجاق زیر پای او را پراکند و صدایش کرد و تکانش داد، ولی لوری از خواب بیدار نشد. جانوشیار گفت:

«اینطوری فایده ندارد.»

و فوری دشنه‌اش را از غلاف بیرون کشید و با یک ضربه ریسمان را پاره کرد. لوری روی زمین سقوط کرد و با نمایش خواب‌آلودگی گفت:

«چه شد؟ کجا رفت؟ نوبتِ کیست؟»

اسپروز بند ریسمان را از گِردِ تنه‌ی او بازکرد و به طعنه گفت:

«گویا نوبت نگهبانی جنابعالی بود؛ از شما باید پرسید.»

لوری خود را به راه دیگر زد و با تعجب پرسید:

«کی مرا بسته؟ من که با کسی شوخی ندارم.»

جانوشیار باکنایه گفت:

«کار هرکس بوده بهتر از این نمی‌توانسته یک نگهبان چُرتی را دست بیندازد.»

و با اشاره به ریسمانی که لوری با آن بسته شده بود، خطاب به اسپروز ادامه داد:

«لطفاً مدرک جرم را تحویل من بده.»

لوری قیافه‌ی آدم‌های شاکی را به خود گرفت و گفت:

«کار هرکسی بوده، قسم می‌خورم تلافی کنم.»

جانوشیار انگشت را زیر چانه‌ی لوری نهاد و سرش را بلند کرد و در چشمانش زل زد و پرسید:

«به این سؤال من جواب بده. کی به شما اجازه داد از محل نگهبانی دور بشوی؟»

لوری که از پیش به جواب چنین سؤالی فکر کرده بود، گفت:

«اگر بگویم، بدت نمی‌آید؟»

جانوشیار گفت:

«زود باش توضیح بده.»

لوری گفت:

«صدای خروپف جنابعالی.»

جانوشیار پوزخندی زد و گفت:

«یعنی در واقع صدای خروپف مانع خواب تو بود؛ پاشدی آمدی اینجا که
آتشی روشن کنی و با خیال راحت بخوابی.»

لوری که پی برد صحنه‌سازی دیگر فایده‌ای ندارد، نمایشی از مظلومیت به
راه انداخت و گفت:

«او حق نداشته از تنها نقطه ضعف یک قهرمان سوءاستفاده کند!»

جانوشیار تحت تأثیر او قرار نگرفت و گفت:

«نقطه ضعف تو، بدتر از همه، تمام اموال من و اسپروز را به باد داد و تو عملاً
در سرقت وسایل ما با سارق شریکی. چه جوابی داری؟»

اسپروز از لوری پرسید:

«نشناختی کی بود؟»

لوری جواب داد:

«چطور بشناسم وقتی خواب بودم؟»

جانوشیار با سوءظن پرسید:

«یعنی طرف آمد، گرفت و بست و آویزان کرد و آقا در خواب تشریف داشتند؟»

لوری گفت:

«شایدم بیهوش بودم، کسی چه می‌داند؟»

و بعد کلاهش را برداشت و به سرش دست مالید و گفت:

«آره بیهوش بودم. بیا دست بزن، ورم کرده. نامرد زده توی ملاجم... آخ!
چه دردی هم دارد!»

جانوشیار گفت:

«این توجیهات ذره‌ای از جرمت کم نمی‌کند.»

اسپروز پا در میانی کرد و گفت:

«حالا وقت این حرف‌ها نیست. به جای جر و بحث باید زودتر رد دزد را دنبال کنیم.»

جانوشیار کتابچه‌اش را از زیر پیراهن بیرون آورد و پیروزمندانه گفت:

«البته آقای دزد بی‌خبرست که جانوشیار هنوز به اطلاعاتی مجهزست که او را شناسایی کند.»

جانوشیار دو زانو کنار جای پایی که روی زمین به جا مانده بود، نشست و به بررسی و تطابق آن با تصاویر مربوط به آثار پای مجرمین در کتابچه پرداخت و پس از لحظاتی چند، سرش را خاراند و گفت:

«حدس می‌زدم کار کی بوده، و حالا مطمئن شدم.»

اسپروز پرسید:

«منظورت بیدرفش است؟»

جانوشیار با حرکت سر حدس او را تأیید کرد. لوری فوری به پشت دست خود زد و گفت:

«به جان خودم خواب دیدم که او این بلا را به سر من آورد! گفتم اگر بگویم، فکر می‌کنید خیالاتی شده‌ام.»

جانوشیار با سوءظن به او گفت:

«شاید هم واقعاً خواب نبوده است.»

لوری جا خورد و دنبال پاسخ مناسبی می‌گشت که اسپروز به دادش رسید و گفت:

«حالا ما معطل چه هستیم؟ برویم دنبالش.»

و چون اسپروز به راه افتاد. جانوشیار نگاهی دوباره به لوری انداخت و به

دنبال اسپروز رفت. لوری لحظه‌ای صبر کرد و سپس کلاهش را از سر برداشت و بعد از این که از وجود نقشه‌ی جاسازی شده در آن خاطرش آسوده شد، نفسی به راحتی کشید و زیر لب گفت:

«تنها جایی رو که به عقلت نرسید تفتیش کنی، اینجا بود بیدرفش ابله!»

و دوید که از اسپروز و جانوشیار عقب نماند.

• • •

وقت نهار، جانوشیار اطلاعات تازه‌ای از بیدرفش را افشا کرد. او گفت:

«شنبلید خائن اعتراف کرد که مُهر فیلوس را در اختیار او گذاشته و به همین خاطر به راحتی از هر دروازه‌ای عبور می‌کند.»

اسپروز با تأسف گفت:

«فکر نمی‌کردم بیدرفش به ما خیانت کند؛ بالاخره او نان و نمک مردم آلانان را خورده.»

لوری که جانوشیار جا و بی جا مجبورش کرده بود روی زانو، رد پای بیدرفش را جستجو کند، غرولندکنان گفت:

«سرِ زانوهایم پینه بست بس که دنبال رد پای این بی‌همه چیز گشتم؛ راه دیگری نیست؟»

جانوشیار با کنایه به او جواب داد:

«راه دیگرش این بود که کمی به خودت سخت می‌گرفتی و نمی‌خوابیدی.»

لوری غرزد و گفت:

«حالا از بخت بد، نوبت من شبیخون زد، تا کی باید تقاصش را پس بدهم؟»

جانوشیار در جواب او گفت:

«تا وقتی که گیرش بیندازم.»

لوری گفت:

«شاید هیچ‌وقت گیرش نینداختی.»

جانوشیار با خونسردی جواب داد:

«آنوقت مجبورم تو را به جای او محاکمه کنم.»

لوری در واکنشی تدافعی گفت:

«جناب جانوشیار انگار فراموش کرده‌اید که اینجا آلانان نیس و ما الان در سرزمین هفت‌قلعه به سر می‌بریم.»

جانوشیار چشم در چشم لوری دوخت و با سوءظن پرسید:

«حرف مشکوکی شنیدم؛ تو از کجا فهمیدی توی سرزمین هفت‌قلعه‌ایم؟»

لوری زیر حرف خود زد و گفت:

«حالا ما الکی حرفی زدیم، شما چرا باور کردید؟»

جانوشیار گفت:

«تا بعد از نهار فرصت داری که در این باره توضیح دهی.»

اما هنوز نهار را خورده و نخورده بودند که اوضاع به یکباره تغییر کرد. مردی که دو حلقه‌ی بزرگ برگوش‌ها داشت و مضطرب و پریشان در جست‌وجوی راه فرار به هر طرف گریزان بود، به آنها پناه آورد و ملتمسانه گفت:

«به من کمک کنید، به من کمک کنید!»

و هنوز مجالی برای پرسش و پاسخ دست نداده بود، که گروهی سوار به تاخت نزدیک شدند. مرد حلقه‌به‌گوش با دیدن آنها وحشت‌زده پا به فرار گذاشت. سواران که همگی مانند مرد، حلقه برگوش داشتند، او را تعقیب کردند. مرد حلقه‌به‌گوش هنوز مسافت کوتاهی را نگریخته بود که با فریادی بلند و ترس‌آلود به درون گودالی که حکم تله را داشت و دهانه‌ی آن پوشانده شده بود، فرو افتاد. سواران بر سر گودال رفتند و چرخی پیرامون آن زدند. سردسته‌ی سواران، مرد به دام افتاده را مخاطب قرار داد و گفت:

«این جزای نافرمانی تو. بمان و زجر بکش تا مگس‌های کهیلا به سراغت بیایند!»

سواران بی‌توجه به حضور آن سه غریبه، به تاخت دور شدند. اسپروز زودتر از بقیه به سمت گودال دوید و به درون آن نگریست و در حالی‌که چهره‌اش از ناراحتی دگرگون شده بود، بی‌اختیار صورتش را برگرداند. جانوشیار پرسید:

«چه بلایی سرش آمده؟»

اسپروز جواب داد:

«خودتان بیایید و ببینید.»

جانوشیار و لوری آمدند و نگاه کردند. در گودال عمیق نیزه‌های تیزی کار گذاشته شده بود که تعدادی از آنها در بدن خون‌آلود مرد حلقه‌به‌گوش فرو رفته بودند.

لوری با تأسف گفت:

«مادربزرگم می‌گفت، همیشه جلو پاهایت را نگاه کن. معنی این جمله را من، الان درک می‌کنم.»

اسپروز ریسمانی را که نزد جانوشیار بود از او گرفت و گفت:

«من پایین می‌روم!»

و فوری مشغول بستن یک سر ریسمان به دور کمرش شد. جانوشیار گفت:

«صبر کن اول جوانب کار را بررسی کنیم.»

اسپروز که در کمک به مرد عجله داشت، گفت:

«نمی‌بینی که مرد بیچاره در چه وضعی‌ست؟ زود باشید مرا پایین بفرستید!»

اسپروز با حمایت جانوشیار و لوری که سر دیگر ریسمان را گرفته بودند از گودال پایین رفت و خود را بالای سر مرد حلقه‌به‌گوش رساند. او که زخم‌های عمیقی بر داشته بود و می‌نالید، با رسیدن اسپروز چشم‌هایش را گشود و نگاه دردمندش را به او دوخت. اسپروز به او دلگرمی داد و گفت:

«نگران نباش، من تو را از اینجا بیرون می‌آورم.»

مرد حلقه‌به‌گوش نالان و نومید گفت:

«خواهش می‌کنم مرا بکش.»

اسپروز گفت:

«این چه حرفی‌ست؟ ما تو را نجات می‌دهیم. فقط سعی کن دست‌های مرا محکم بگیری.»

و خطاب به جانوشیار و لوری در بالا گفت:

«مرا محکم نگه دارید.»

بعد پاها را به دیواره‌ی گودال چسباند و خود را به حالت عمود با دیواره قرار داد. جانوشیار ضمن این که ریسمان را محکم نگه‌داشته بود، گفت:

«این پسر آخر بلایی سر خودش می‌آورد.»

لوری که از شدت فشار، عضلات صورتش منقبض شده بود، گفت:

«قهرمان شدن خرج دارد؛ این را من قبلاً تجربه کرده‌ام.»

جانوشیار به تمسخر گفت:

«بر منکرش لعنت!»

اسپروز خود را کاملاً به مرد حلقه‌به‌گوش نزدیک کرد و مچ هر دو دست او را گرفت و گفت:

«اولش کمی درد دارد، باید تحمل کنی.»

و بعد خطاب به بالا گفت:

«حالا ریسمان را با همه‌ی قدرت عقب بکشید.»

جانوشیار و لوری با همه‌ی توان ریسمان را کشیدند. نیزه‌ها که از بدن مرد حلقه‌به‌گوش بیرون می‌آمدند، نعره‌ی دردآلود او بلند شد. اسپروز به او قوت قلب داد و گفت:

«کمی تحمل کن، نجات پیدا می‌کنی.»

همه‌ی نیزه‌ها که از تن مرد بیرون آمد، اسپروز، او را همراه خود بالا کشید و در بیرون گودال بر زمین گذاشت و گفت:

«زخم‌های بدی دارد، باید فکری به حالش بکنیم.»

مرد مجروح با ناله گفت:

«شما بهترست بروید. مگس کهیلا به زودی به سراغ من می‌آید.»

لوری خنده‌اش گرفت و گفت:

«مگس ترس دارد مرد حسابی؟»

مرد دست اسپروز را چسبید و ملتمسانه گفت:

«فقط خواهش می‌کنم قبل از رفتن، حلقه‌ها را از گوشم بیرون بیاورید. دلم می‌خواهد قبل از مرگ، به تنها آرزوی زندگیم برسم.»

و هنوز سخن او به آخر نرسیده بود که به یکباره صدای وزوزی گوشخراش در فضا پیچید و چنان تندبادی وزیدن گرفت که لوری و جانوشیار مجبور شدند، با یک دست کلاهشان را بچسبند و با دست دیگر شاخه‌ی درختان را. مرد نالید و گفت:

«دارد می‌آید!»

نگاه همه متوجه بالا شد. مگس غول پیکری بر فراز سر آنها در پرواز بود. لوری و جانوشیار پا به فرار گذاشتند. اسپروز وحشت از مرگ را در چشمان مرد مجروح دید و دلش به حال او سوخت و گفت:

«نترس، تو را همراه خودم می‌برم.»

اسپروز مرد را از جا بلند کرد و به کول گرفت و از سمتی پا به گریز نهاد. مگس به تعقیب آنها پرداخت و با ضربه‌ی بال آن دو را بر زمین افکند. اسپروز با چابکی از جا بلند شد و دشنه‌اش را از غلاف بیرون کشید. مگس چرخی زد و به طرفش آمد. اسپروز خود را آماده‌ی مبارزه با او کرد و با نفرت گفت:

«بیا لعنتی، من آماده‌ام!»

مگس چنان ضربه‌ای به اسپروز زد که دشنه از دستش رها شد. او به پشت افتاده بود که مگس دوباره به طرفش یورش آورد. لوری که در پشت درختی

پنهـان شـده بـود و صحنـه را می‌دیـد، چشـمانش را از تـرس پوشـاند. مگـس هـر لحظـه بیشـتر بـه اسـپروز نزدیـک می‌شـد و در همیـن زمـان اتفـاق غیرمنتظـره‌ای رخ داد. همـراه بـا غریـو و هلهلـه‌ی چندیـن مـرد، قطعـات سـنگ بـه سـمت سـر مگـس باریـدن گرفـت. اسـپروز بـه پهلـو نگریسـت. گروهـی از مـردان بـه یـاری او آمـده بودنـد و بـا فلاخن‌هایـی کـه در دسـت می‌چرخاندنـد، سـر مگـس را نشـانه گرفتـه بودنـد. مگـس بـه آنهـا حملـه‌ور شـد، امـا تـاب مقابلـه بـا سـنگ‌هایشان را نیـاورد و سـرانجام صحنـه را تـرک کـرد و گریخـت. یکـی از مـردان بـه سـمت اسـپروز آمـد و لحظـه‌ای هـر دو بـه هـم چشـم دوختنـد و سـپس مـرد لـب بـه سـخن گشـود و گفـت:

«نـام مـن بـوراب اسـت... بـه سـرزمین هفت‌قلعـه خـوش آمدیـد!»

لحـن و رفتـار مـرد گـواه ایـن بـود کـه اسـپروز و یارانـش بـا گروهـی شـجاع و جوانمـرد روبـرو هسـتند.

آن سـه از خطـر رهیـده بودنـد، امـا مـرد مجـروح در میـان آه و افسـوس همـه پژمـرد و رخـت از جهـان بربسـت. وقتـی کـه جنـازه‌ی او بـر روی تختـه‌ای، بـر دوش مـردان فلاخـن انـداز حمـل و از شـیب تپـه‌ای سـر سـبز بالا بـرده می‌شـد، بـوراب بـا افسـوس گفـت:

«او شـجاعانه از چنـگ کهیـلا فـرار کـرد، امـا حیـف کـه از دسـتش دادیـم!»

اسـپروز کنجکاوانـه پرسـید:

«ایـن کهیـلا کیسـت؟»

جانوشـیار کـه اطلاعـات کافـی در ایـن بـاره داشـت، در جـواب اسـپروز گفـت:

«حاکـم دسـت نشـانده‌ی فیلـوس.»

بـوراب در تکمیـل سـخن جانوشـیار گفـت:

«موجـود وحشـتناک و بی‌رحمـی کـه بـه سـرزمین مـا مسـلط شـده و مـردم را بـه بردگـی گرفتـه.»

لـوری خطـاب بـه بـوراب گفـت:

«چـرا نمی‌جنگیـد؛ شـما کـه بـه انـدازه‌ی کافـی گـردن کلفـت هسـتید؟»

بوراب جواب داد:

«جنگ با کی؟ با مگس‌های کهیلا؟ شما که خودتان یکی از آنها را دیدید.»

اسپروز گفت:

«ولی شما به خوبی با او مبارزه کردید.»

بوراب گفت:

«آنها زیادند و ما باید صبر کنیم و منتظر بمانیم تا افراد بیشتری به ما بپیوندند. قبل از آن هر مبارزه‌ای به شکست می‌انجامد.»

بر بلندای تپه، جنازه بر زمین نهاده شد. فرازِ تپه در واقع گورستان مردانی بود که از هفت قلعه گریخته و بر علیه کهیلا قیام کرده بودند و نشانه‌ی هر گور، نهالی بود که بر آن نشانده شده بود.

اسپروز به بوراب گفت:

«قبل ازین که به خاک سپرده شود، این مرد وصیتی داشت که فقط فرصت کرد به من بگوید.»

بوراب پرسید:

«آیا این نبود که حلقه‌ی بردگی را از گوشش جدا کنیم.»

اسپروز جواب داد:

«چرا، همین بود؛ انگار تو می‌دانستی.»

بوراب گفت:

«بزرگترین آرزوی هر برده‌ای که موفق به فرار از هفت قلعه می‌شود، خلاصی از همین حلقه‌هاست، حلقه‌ای که قبلاً به گوش همه‌ی ما هم بوده.»

اسپروز به گوش‌های بوراب و همراهانش نگاه کرد. آثار پارگی ناشی از جدا کردن حلقه‌ها، هنوز بر گوش‌های آنان باقی بود. بوراب کنار جنازه‌ی مرد زانو زد و هر یک از حلقه‌های گوش او را در پنجه‌ی یک دست گرفت و با حزن گفت:

«دوست شجاع من، پیش از آن که برای همیشه در منزل ابدی آرام بگیری،

وظیفه‌ی خودم می‌دانم که آرزوی دیرینه‌ات را برآورده سازم.»

و با حرکتی توانمندانه و ناگهانی هر دو حلقه را از گوش‌های او جدا کرد. در همین زمان دوباره صدای وزوز گوش‌خراش به همراه تندباد برخاست و نگاه همه متوجه آسمان شد. این بار چندین مگس غول‌پیکر در حال پرواز به سمت آن‌ها بودند. بوراب با نفرت گفت:

«لعنتی‌ها این بار با عده‌ی بیشتری آمدند. همه پراکنده شوید و سعی کنید کسی اسیر آن‌ها نشود!»

همه‌ی افراد حاضر بر روی تپه فوری پراکنده شدند و هر یک به سمتی گریختند. مگس‌ها ظاهراً با کسی کار نداشتند، مگر اسپروز، جانوشیار و لوری و به سمت آن‌ها هجوم آوردند. اسپروز و جانوشیار علی‌رغم تلاششان، به دام خرطوم‌های مکنده‌ی دو مگس افتادند و از زمین کنده شدند. لوری که به شدت وحشت کرده بود، از هجوم مگسی گریخت و غلت‌زنان خود را به پشت درختی رساند و در حالی‌که از ترس می‌لرزید، کلاهش را بر روی صورت کشید و تبدیل به یک بره‌ی زنگوله به‌گردن شد. مگسی که در تعقیب او آمده بود چرخی بالای سر لوری زد. لوری در حالی‌که پاهایش می‌لرزید سرش را تکان داد تا زنگوله‌هایش به صدا درآید. مگس چرخ دیگری زد و سرانجام اوج گرفت و به بقیه‌ی مگس‌ها پیوست. لوری گردنش را کج کرد و به آسمان نگاه کرد و چون که دید مگس‌ها اسپروز و جانوشیار را با خود می‌برند، ناخودآگاه گفت:

«لوری، بدبخت شدی! خودت ماندی و جفت گوش‌هایت!»

مگس‌ها که رفتند، بوراب به طرف لوری که زانوی غم در بغل گرفته بود آمد تا دلداریش بدهد. لوری با غصه گفت:

«ما که داشتیم راه خودمان را می‌رفتیم؛ این چه بلایی بود بر سرمان آمد؟»

بوراب با مهربانی پرسید:

«نگران دوستانت هستی؟»

لوری گفت:

«با اسپروز عهد بسته بودیم که همدیگر را تنها نگذاریم. حالا یک آدم تنها مانده و مشتی آرزوی برباد رفته.»

بوراب گفت:

«متأسفانه دیر متوجه این موضوع شدیم مگس‌های کهیلا فقط به قصد بردن شماها آمده بودند. حدس می‌زنم کسی شما را لو داده.»

لوری گفت:

«کی می‌تواند لو داده باشد بجز آن بیدرفش بی‌همه چیز؟»

بوراب پرسید:

«او کیست؟»

لوری با نفرت جواب داد:

«یک دزد جوجه‌خورِ بی‌اصل و نسب!»

بوراب خطاب به یارانش که پیرامون آن دو جمع شده بودند، گفت:

«پرس و جو کنید، این یارو کجاست و چه می‌کند.»

لوری آهی بلندی کشید و گفت:

«خدا می‌داند الان آن‌ها کجا هستند و چه بلایی برسرشان آورده‌اند!»

بوراب گفت:

«به احتمال زیاد در اسارت کهیلا هستند و ما به روح همه‌ی این مبارزین در خاک خفته سوگند می‌خوریم که برای نجات دوستان تو از هیچ کمکی دریغ نکنیم!»

آن زمان که بوراب و یارانش برای نجات اسپروز و جانوشیار هم قسم می‌شدند، درِ زندانی که آن دو بر دیوار سنگی آنجا به زنجیر کشیده شده بودند، گشوده شد و زندانبان حلقه‌به‌گوش کسی را به ورود دعوت کرد و گفت:

«بفرمایید عالیجناب.»

مخاطب زندانبان کسی جز بیدرفش نبود که با غروری پیروزمندانه قدم به درون گذاشت و مستقیماً به سمت آن دو آمد و کنار جانوشیار ایستاد. جانوشیار با تنفر رویش را از او برگرداند. بیدرفش انگشت زیر چانه‌ی جانوشیار گذاشت و رویش را به سمت خود برگرداند و با تمسخر گفت:

«چه بازی‌ها کند این چرخ گردون! جانوشیار جانم، دلم خنک شد!... فقط جای آن رفیق دلقکتان اینجا خالی‌ست. گیرش که انداختند، قول می‌دهم هر سه تای شما را به یک وعده خوراک ترب، مهمان کنم.»

او این را گفت و قاه قاه خندید. جانوشیار گفت:

«مطمئن باش، این خوشمزگی‌ها ذره‌ای از مجازات جرم تو کم نمی‌کند.»

بیدرفش با خنده‌ای تحقیرآمیز گفت:

«گذشت جانوشیار جان، گذشت!... دوران طلایی شما دیگر به سر آمده.»

جانوشیار توجهی به حرف او نکرد و گفت:

«تو از نظر قانون هنوز یک مجرم فراری هستی.»

و اسپروز فوری گفت:

«با این وجود هنوز فرصت جبران اشتباه را دارد.»

بیدرفش رویش را به سمت اسپروز چرخاند و با لحنی تمسخرآلود گفت:

«به! قهرمان آلانان! فکر می‌کردم زبانت را گربه خورده.»

اسپروز توجهی به تمسخر او نکرد و گفت:

«ولی آلانان هنوز بهترین جایی است که تو می‌توانی در آنجا با شرافت زندگی کنی.»

و با لحنی ترغیب کننده ادامه داد:

«به ما کمک کن از اینجا فرار کنیم، ما هم به نفع تو شهادت می‌دهیم.»

بیدرفش با خودپسندی جواب داد:

«بنده برای بازگشت به آلانان، احتیاجی به سفارش آقایان ندارم، اما خیالتان

را راحت کنم که من بالاخره روزی به آلانان برمی‌گردم... چون هنوز ایمان دارم گوشت لذیذ جوجه‌های آنجا را هیچ کجا ندارد.»

بیدرفش این را گفت و در حالی که قاه قاه می‌خندید از زندان بیرون رفت.

جانوشیار پشت سر او با نفرت داد زد:

«خائن خیال‌باف! بالاخره روزی باید حساب پس بدهی!»

• • •

و اما بعد از قولی که بوراب به لوری داد، شب هنگام، دوتایی خود را به پشت دیوار بلند هفت‌قلعه رساندند و در گودالی پنهان شدند. مدتی که گذشت، حوصله‌ی لوری سر رفت و از بوراب پرسید:

«تا کی باید منتظر بمانیم؟»

بوراب گفت:

«تا وقتی که ماه به وسط آسمان برسد.»

لوری نگاهی به آسمان کرد و گفت:

«ماه که وسط آسمان است.»

و در همین هنگام صدایی شبیه به صدای جغد سه بار شنیده شد. بوراب هم همان صدا را سه بار تکرار کرد. سیاهی شخصی بر فراز بارو نمایان شد که فانوس در دست داشت. لوری هیجان زده او را نشان داد و گفت:

«آنجاست!... باور نمی‌کردم، کسانی آن جا باشند که به ما کمک کنند.»

بوراب گفت:

«خیلی‌ها قلبشان برای رهایی از بردگی در سینه می‌تپد و منتظر فرصت هستند. نگاه کن، او قصد دارد پیغامی به ما بدهد.»

فردی که بر فراز بارو بود، با نور فانوس علامتی داد و متعاقب آن بسته‌ای را پایین انداخت.

لوری هیجان زده گفت:

«من آن را می‌آورم.»

و با چند جست بلند، خود را به بسته رساند و آن را برداشت و آورد. بوراب بسته را گرفت و گشود و نامه‌ای بیرون آورد و در زیر نور مهتاب آن را خواند:

«دوستان آزاد، درباره‌ی آنچه که خواسته بودید، تحقیقات لازم را انجام دادیم و در نتیجه فهمیدیم که افراد مورد نظر شما، در زندان هفت‌قلعه به زنجیر کشیده شده‌اند. نقش اصلی را در اسارت آنان، فردی به نام بیدرفش که از آلانان آمده و مهمان کهیلاست، به عهده داشته است. آنها اکنون منتظرند که نفر سوم این گروه دستگیر شود تا در روز مراسم جشن خرمن آنها را مجازات کنند. منتظر پیغام‌های بعدی شما هستیم. به امید دیدار، به امید رهایی!»

لوری با حزنی که در نور مهتاب قابل رؤیت بود پرسید:

«شما که اجازه نمی‌دهید من به چنگشان بیفتم؟»

بوراب در جواب او گفت:

«نه تنها این، بلکه باید راهی هم برای نجات دوستانت پیدا کنیم.»

لوری به هیجان آمد و گفت:

«اگر به من کمک کنید، همه‌ی هنرم را به کار می‌گیرم.»

بوراب پرسید:

«چه هنری؟»

لوری کلاهش را بر روی صورت پایین کشید و تبدیل به بیدرفش شد. بوراب با تعجب پرسید:

«تو الان چه کسی هستی؟»

لوری جواب داد:

«بیدرفش. همان خائنی که دوستان مرا گرفتار کرد.»

بوراب به هیجان آمد و گفت:

«به تو کمک می‌کنیم، حتی اگه خطر مرگ داشته باشد.»

•••

فردای آن روز، خبری مثل برق و باد در همه جای هفت‌قلعه پیچید که مردی از آلانان آمده است و ادعا می‌کند که بیدرفش واقعی اوست. خبر به گوش کهیلا رسید و دستور داد که مدعی را به نزد او بیاورند و هر دو بیدرفش را با هم روبرو کنند. به این ترتیب دیری نگذشت که هر دو بیدرفش مقابل تخت عاجی که کهیلا بر آن نشسته بود، حاضر شدند.

کهیلا، مگس عظیم‌الجثه‌ی سه سری بود که سه کنیز زیبا رو، هر کدام یکی از سرها را با بادبزن‌های بزرگی از پرهای رنگین خنک می‌کردند. کهیلا، مگس میانی بود و دو سر دیگر به مثابه‌ی مشاورین و معاونین او بودند. مگس‌های عظیم‌الجثه‌ی دیگری هم با لباس‌های اشرافی در تالار حضور داشتند.

کهیلا سخن را آغاز کرد و گفت:

«آنچه که ما اطلاع داریم، حاکی از وجود یک بیدرفش، و تنها یک بیدرفش انقلابی بوده که با فراری شجاعانه، آلانان را به قصد سرزمین داج ترک کرده و از آنجا که ما قرار است راه رسیدن این موجود قهرمان را به مقصد هموار کنیم؛ باید بدانیم کدامیک از شما همان‌ست که باید باشد. می‌خواهیم دلایل شما را بشنویم.»

و با اشاره به بیدرفش گفت:

«اول تو که زودتر آمده‌ای.»

بیدرفش نگاهی به لوری انداخت و پوزخندی زد و بعد جلو آمد و سینه صاف کرد و گفت:

«خوشحالم که امروز در حضور سرورم کهیلا و دیگر عالیجنابان پرده از توطئه‌ی کثیفی بر می‌دارم که قطعاً بزرگترین رسوایی قرن نام خواهد گرفت.»

او که از جمله‌ی خودش به هیجان آمده بود، ادامه داد:

«حضرت والا، عالیجنابان!... شاید شما هم خبر داشته باشید که در آلانان،

یک بیدرفش و تنها یک بیدرفش جرأت این را بخود داده بود که استبداد غذایی را بشکند و به طرف گوشت خام دست درازی کند و آن بیدرفش، بنده و فقط این بنده بوده است.»

کهیلا پرسید:

«دلیل محکمی هم داری؟»

سر دوم هم لب به سخن گشود و پرسید:

«چه دلیلی؟»

و بلافاصله سر سوم هم پرسید:

«راست می‌گوید، چه دلیلی؟»

بیدرفش جواب داد:

«بسیار ساده است... جوجه‌ی چاق و چله‌ای را دستور بفرمایید حاضر کنند. قاعدتاً این آقا که ادعا می‌کند اینجانب است، باید قادر باشند در مدت کوتاهی آن را خام خام میل کند و اگر از پس این کار برنیامد، آنوقت چهره‌ی واقعی این شیاد را به شما نشان خواهم داد. شما فقط دستور بفرمایید جوجه را آماده کنند.»

کهیلا گفت:

«آنچه طلب می‌کنید، نایاب است. می‌توانید با یک غلام‌بچه آزمایش کنید.»

بیدرفش از این که شاید مجبور شود خودش هم این غلام‌بچه را بخورد، جا زد و حرفش را پس گرفت و دستپاچه گفت:

«خیر قربان، خیر. از خیرش بگذریم.»

کهیلا پرسید:

«مدرک دیگر چه داری؟»

بیدرفش فکرش به جایی نرسید و جواب داد:

«فعلاً مطلب خاصی ندارم.»

کهیلا خطاب به لوری گفت:

«بسیار خوب، نوبت تو است.»

لوری جلو آمد و بیدرفش به جای اولش برگشت. هنگامی‌که از کنار هم می‌گذشتند، بیدرفش چشم غره‌ای به لوری رفت و آهسته به او گفت:

«حسابت را می‌رسم دلقک.»

و لوری به همان آهستگی در جوابش گفت:

«سگ کی باشی!»

بعد لوری رشته‌ی سخن را به دست گرفت و گفت:

«عالیجناب، حضار محترم!... ای‌کاش مرده بودم و شاهد توهینی به این بزرگی نمی‌بودم. یا لااقل این سخنان را از زبان یک هم‌ولایتی نمی‌شنیدم.»

بیدرفش فریاد زد:

«دروغ می‌گوید!»

کهیلا به او اشاره کرد و گفت:

«ساکت!»

و این کلمه توسط دو سر دیگر نیز با اندک فاصله‌ای ادا شد و تبدیل به پژواک شد.

لوری لبخندی معنی‌دار به بیدرفش زد و به سخن ادامه داد:

«و ای کاش شاهد توهین به شعور عالیجنابان فاضلی چون شما نمی‌بودم.»

کهیلا هیکل گنده‌اش را جنباند و پرسید:

«منظورت چیست؟»

دو سر دیگر هر دو از هم پرسیدند:

«منظورش چه بود؟»

لوری گوشه‌ی لب را با انگشت بالا زد و دندان‌هایش را نشان داد و گفت:

«آیا این دندان‌ها، قادر به جویدن یک بچه‌غلام ناچیز نیستند؟... من حاضرم خرخره‌ی این آقا که ادعا می‌کند منست را هم جلوِ چشم همه‌ی شما

بجَوَم.»

سرهای جانبی به هیجان آمدند و با ادای جمله‌های «این کار را بکن» ، «انجام بده»، «بجو ببینیم» او را تشویق می‌کردند. لوری دستش را بلند کرد و آنها را به سکوت فرا خواند وگفت:

«اما اجازه بدهید ابتدا حقیقتی را برملا کنم.»

و فوری با اشاره به بیدرفش ادامه داد:

«این آقا... جاسوسی از آلانان است.»

بیدرفش با دستپاچگی از خودش دفاع کرد وگفت:

«من؟... دروغ می‌گوید!... او شیاد است!»

کهیلا و دو سر دیگر باز هم بیدرفش را به سکوت فرمان دادند و از لوری خواستند که حرفش را ثابت کند. لوری گفت:

«ثابت می‌کنم که ایشان یک جاسوس خطرناک است و برای پنهان ماندن اسرار خود، با نیرنگ دو شاهد عادل را به بند شما گرفتار کرده.»

کهیلا پرسید:

«چه مدرکی داری؟»

لوری جواب داد:

«مدرک در وسایل شخصی این آقاست. دستور بدهید وسایلی را که ایشان همراه دارند به اینجا بیاورند و همینطور آن دو شاهد را.»

سرهای جانبی، دهانشان را به گوش‌های کهیلا نزدیک کردند و برای لحظاتی فقط صدای وزوز آنها شنیده می‌شد. بیدرفش با نگرانی منتظر عکس‌العمل آنها مانده بود. صدای وزوز قطع شد و سرهای جانبی به جای اول بازگشتند. کهیلا به نگهبانان دستور داد:

«آنها را بیاورید.»

فریاد بیدرفش برخاست وگفت:

«دروغ می‌گوید... او یک دروغگوی کثیف است!»

با وجود اعتراضات بیدرفش، به زودی هم اسپروز و جانوشیار را که از پا به یکدیگر زنجیر شده بودند آوردند و هم کوله‌پشتی‌های آن دو را که از اقامتگاه بیدرفش برداشته بودند.

اسپروز و جانوشیار ابتدا از دیدن دو بیدرفش در آنجا تعجب کردند، ولی بعد آهسته به هم فهماندند که یکی از آن دو حتماً لوری است که به طریقی به آنجا راه پیدا کرده است. اما اینکه کدام لوری بود و کدام بیدرفش باید صبر می‌کردند. با حاضر شدن آنچه که لوری درخواست کرده بود، کهیلا به او گفت:

«بسیار خوب... این زندانی‌ها و آن هم وسایل... حالا ادعایت را ثابت کن.»

دو سر دیگر هم با هم گفتند:

«زودباش!... زودباش!»

لوری نگاهی به داخل کوله‌پشتی‌ها انداخت و لبخندی زد. بیدرفش در حالی‌که دندان به هم سایید با خشم به او چشم دوخته بود.

لوری به کهیلا گفت:

«برای اثبات ادعا، احتیاج به همکاری دوستانم دارم. دستور بدهید زنجیر را از دست و پایشان باز کنند.»

اسپروز و جانوشیار با شنیدن صدای لوری، او را شناختند و به همدیگر لبخند زدند و وقتی که زنجیر دست و پای آن دو را باز می‌کردند، اسپروز به جانوشیار گفت:

«فکر نمی‌کردم اینقدر دل و جرأت داشته باشد؛ چطوری وارد اینجا شده؟»

جانوشیار گفت:

«آره بدجنس!... دارم بهش امیدوار می‌شم.»

لوری به طرف اسپروز و جانوشیار آمد و درگشودن زنجیر به زندانبان کمک کرد.

اسپروز آهسته از او پرسید:

«ناقلا چه نقشه‌ای کشیده‌ای؟»

لوری طوری که دیگران نشوند جواب داد:

«صدایش را در نیاورید؛ اوضاع خراب‌ست.»

و بعد کنار گوش جانوشیار گفت:

«جانوشیار جان، موقع هنرنمایی شما است.»

و بعد با صدای بلند، جانوشیار را مخاطب قرار داد و گفت:

«دوست عزیز همراه مـن بیایید و دلایل جاسوس بودن این خائن را بـا
روش‌های منحصر بـه فرد خودتـان نزد سروران گرامـی مـا اثبات کنید.»

جانوشیار در دل به زیرکی لوری آفرین گفت و با خود فکر کرد که اگر او رفتارش
را بهتر کند، دستیار بدی نمی‌تواند باشد. لوری که انگار فکر او را خوانده بود، زیر
لب گفت:

«متشکرم! مژده‌ی خوبی بود.»

و بعد جانوشیار را به طرف کهیلا برد و با حرکاتی نمایشی گفت:

«اکنون لحظه‌ایست که باید تاریخ را به تماشا دعوت کنیم، زیرا که قرار است
پرده از پیچیده‌ترین جاسوسی جهان برداشته شود و ما به این لحظه‌ی تاریخی
نزدیک، نزدیک‌تر، و نزدیک‌تـر می‌شویم!»

کهیلا و دو سر دیگر کاملاً به هیجان آمده بودند و بی‌تابانه می‌گفتند:

«زود باش! زودباش! زودباش!»

بیدرفش مات و منگ شده بود و قدرت هیچ واکنشی نداشت. لوری حرکتی
به دستان خود داد و گفت:

«اینک این شما و این مچ گیری دوست ما!»

لوری تعظیمی کرد و جایش را به جانوشیار داد و خود برگشت و کنار اسپروز
ایستاد.

تالار در سکوت فرو رفتـه بود و همـه چشـم به جانوشیار دوختـه بودند که

چکار می‌خواهد بکند. جانوشیار سراغ کوله‌پشتی خودش رفت و شروع به بیرون آوردن محتویات آن کرد. ابتدا شیشه‌ی محتوی محلولی را بیرون آورد، در آن را بازکرد و بویید و از بوی تند آن چشمانش تنگ شد و سرش را عقب کشید و فوری در شیشه را محکم کرد و گفت:

«عرضم به حضور مبارک، محتوی این ظرف، اسمش زغنبوت است.»

دو سر جانبی رو به جانب کهیلا و با هم گفتند:

«زغنبوت!»

جانوشیار ادامه داد:

«و حتماً معرف حضور عالیجنابان هست که یک جرعه‌ی آن کرگدن را از پا می‌اندازد... حالا قرار بوده این آقا دل و روده‌ی کدام فلک‌زده‌ای را با آن آبکش کند، چه عرض کنم.»

بیدرفش تا خواست لب به اعتراض بگشاید، کهیلا هیجان زده از جانوشیار پرسید:

«ببین چه چیزهای دیگری داخل آن است؟»

دو سر دیگر او هم با هیجانی کودکانه همین سؤال را تکرارکردند.

جانوشیار دست درون کوله‌پشتی کرد و لوله‌ای را بیرون آورد مقابل چشم گرفت و در حالی‌که به هر طرف نگاه می‌کرد گفت:

«این هم وسیله‌ای برای دید زدن از راه دور. حالا چرا از راه دور؟ احتمالاً قصد نداشته‌اند کسی ایشان را ببینند. حالا چرا، چه عرض کنم.»

باز هم تا بیدرفش خواست اعتراض کند، کهیلا و دو سر دیگر همان واکنش قبل را نشان دادند. جانوشیار باز هم دست درکوله‌پشتی کرد و صورتکی بیرون آورد و مقابل صورتش قرار داد و گفت:

«صورتکی جهت استتار و یا ایجاد رعب.»

و فوری سوتکی را هم از آن تو درآورد و در آن دمید که صدای بلبل می‌داد. گفت:

«این هم سوتکی برای علامت دادن به همدستان... کافی‌ست عالیجناب، یا بازهم نشان بدهم؟»

کهیلا با خشم خطاب به بیدرفش گفت:

«چه جوابی داری بدهی مردک الدنگ؟»

بیدرفش با لکنت جواب داد:

«قُررربان همه‌اش دروغ‌ست... من این‌ها را از خودشان کش رفتم... فکر می‌کردم در... اولین فرصت ... به به به شما تقدیم کنم... من نمی‌دانم به چه دردی می‌خورد، از خودشان بپرسید.»

کهیلا و دو سر دیگر به جانوشیار نگاه کردند و منتظر پاسخ او ماندند. جانوشیار گفت:

«البته ساده‌لوحی است که آدم فکر کند یک جاسوس کارکشته، به همین سادگی لب به اقرار باز می‌کند، اما می‌شود یک امتحانی کرد.»

بعد دشنه‌ای تیز و یک سنگِ تیغه تیزکن از درون کوله‌پشتی بیرون آورد و گفت:

«ایشان مدعیند که بیدرفش واقعی هستند. بیدرفش واقعی یک جوجه خام‌خوار تمام عیار است. یک راه کشف حقیقت، پاره کردن شکم ایشان و پیدا کردن بقایای جوجه‌ی خام است. آیا طبیب حاذقی در دسترس هست که بعداً شکم پاره شده‌ی ایشان را بدوزد؟»

کهیلا که از این روش دچار هیجان زایدالوصفی شده بود، فوری گفت:

«مهم کشف حقیقت است؛ شکمش را پاره کن.»

دو سر دیگر هم کله‌ها را تکان می‌دادند و مانند کودکان با هم دم گرفته بودند:

«پاره‌اش کن... پاره‌اش کن!»

و مگس‌های دیگر هم با آنان همنوا شدند. جانوشیار به طرف بیدرفش

رفت و در حالی‌که تیغه‌ی دشنه را همانند قصابان بر سنگ می‌سایید، مقابل او که از ترس می‌لرزید، ایستاد و با پوزخندی معنی‌دار گفت:

«چطوری استادِ توطئه؟»

بیدرفش به عجز و لابه افتاد و گفت:

«غلط کردم! این کار را با من نکن! هرکاری بگویی می‌کنم.»

جانوشیار گفت:

«هرکاری بگویم می‌کنی؟»

بیدرفش بی‌درنگ جواب داد:

«قول می‌دهم.»

جانوشیار گفت:

«با صدای بلند اقرار کن که خائنی و قصد فریب کهیلا را داشتی.»

بیدرفش ملتمسانه گفت:

«مرا می‌کشد!»

جانوشیار گفت:

«ممکن هم هست تو را ببخشد و فقط مجبورت کند که تا آخر عمر یک جفت حلقه به گوش‌هایت بیندازی.»

بیدرفش با بغض گفت:

«تو دلت می‌آید چنین بلایی به سر هموطنت بیاید؟»

جانوشیار بی‌درنگ جواب داد:

«لیاقتت همین است.»

بیدرفش مردد بود که چکار کند. جانوشیار گفت:

«دارند ما را نگاه می‌کنند؛ ده بار دشنه را روی سنگ می‌کشم، بار یازدهم با عرض معذرت مجبورم شکمت را پاره کنم.»

و شروع به شمارش کرد. بیدرفش با بیچارگی به اسپروز نگاه کرد. اسپروز

آهسته به لوری گفت:

«دلم برایش می‌سوزد!»

لوری گفت:

«در عوض من دلم خنک می‌شود.»

شمارش جانوشیار که به عدد نه رسید، بیدرفش از سرِ ناچاری گفت:

«اقرار می‌کنم.»

و راه افتاد و مقابل تخت کهیلا جلو زانو زد و گفت:

«اقرار می‌کنم عالیجناب... اقرار می‌کنم که بیدرفش واقعی نیستم. اقرار می‌کنم که وسوسه‌ی خدمت به فیلوس کبیر باعث شد که خودم را به جای بیدرفش قالب بزنم.»

دو سر جانبی با هم از کهیلا پرسیدند:

«چه خدمتی؟»

کهیلا از بیدرفش پرسید:

«چه خدمتی؟ توضیح بده.»

لوری آهسته از اسپروز پرسید:

«چه می‌خواهد بگوید؟»

اسپروز جواب داد:

«مطمئناً به نفع ما نمی‌خواهد حرف بزند.»

بیدرفش از جا بلند شد و همه چشم‌ها را به او دوختند که چه می‌خواهد بگوید و او با صدایی رسا شروع به سخن کرد:

«عالیجناب، سروران... بیدرفش و دوستانش حامل شیء گرانبهایی هستند که فیلوس کبیر مشتاق تصاحب آن‌ست.»

جانوشیار که متوجه حیله‌ی بیدرفش شده بود، زیر لب گفت:

«ای بی‌همه چیز!»

کهیلا از بیدرفش پرسید:

«می‌خواهم بدانم آن چیست.»

دو سر دیگر هم پرسیدند:

«آن چیست؟»

بیدرفش با یک حرکت سریع خود را به کوله‌پشتی اسپروز رساند و از درون آن ژوبین هزارآینه را بیرون کشید و پیروزمندانه آن را بالاگرفت و گفت:

«ژوبین هزارآینه!»

نوری که از سطوح متعدد آینه‌ها به هر سمت می‌تابید، چشمان کهیلا و دو سر دیگر را آزار داد، طوری که کنترل هماهنگ صدا بین سه سر مختل شد و هر کدام چیزی می‌گفتند و دستوری می‌دادند: «خاموش کن!... بذار سر جاش!... بشکن!»

بیدرفش ژوبین هزارآینه را درون کوله‌پشتی گذاشت و کهیلا و همه‌ی مگس‌ها نفس راحتی کشیدند. بیدرفش با افتخار گفت:

«بله سروران والامقام... اشتیاق خدمت به فیلوس کبیر، مرا واداشت که علیرغم میل باطن، وارد این بازی خطرناک بشوم.»

کهیلا با دست‌هایش دو سر جانبی را به سمت سر خود نزدیک کرد و وزوزکنان به مشورت مشغول شدند. نگاه بیدرفش متوجه جانوشیار شد که با خشم دشنه‌اش را بر سنگ می‌مالید و لبخندی پیروزمندانه بر لب آورد. صدای وزوز قطع گردید و همه نگاه‌ها به کهیلا دوخته شد. او خطاب به بیدرفش گفت:

«فرستاده‌ی فیلوس بزرگ، امروز برای شرکت در جشن خرمن به هفت‌قلعه می‌آید. اگر درباره‌ی این ژوبین راست گفته باشی، به شکرانه‌ی آن می‌گوییم ترا در جشن خرمن قربانی کنند.»

لبخند بر لبان بیدرفش ماسید و بی‌اختیار گفت:

«بله!؟»

وکهیلا ادامه داد:

«در غیر اینصورت، وای به حالت!... ببریدش.»

زندانبانان، بیدرفش را که به عجز و لابه افتاه بود، از تالار بیرون بردند. کهیلا، لوری و اسپروز و جانوشیار را مخاطب قرار داد و گفت:

«و اما شما دوستان عزیز تا شروع مراسم جشن خرمن، می‌توانید خوش بگذرانید و از هفت‌قلعه‌ی ما دیدن کنید.»

راهنمای آنها در گردش و دیدن هفت‌قلعه، کسی جز بوراب نبود که با شگردهای خودش وارد هفت‌قلعه شده بود و در کسوت یک راهنمای حلقه‌به‌گوش، انجام وظیفه می‌کرد. اسپروز از او تشکر کرد و گفت:

«لوری از فداکاری تو تعریف کرد، تو کمک بزرگی به ما کردی.»

بوراب با اشاره به لوری که همچنان شبیه به بیدرفش بود، گفت:

«در عوض منهم از لوری، بازی کردن نقش دیگران را آموختم.»

جانوشیار که از قیافه‌ی بیدرفش در هر قالبی بدش می‌آمد، گفت:

«لوری، تو اگر از این قیافه‌ی منحوس در بیایی، من یکی ممنون می‌شوم.»

لوری نگاهی به اطرافش کرد و گفت:

«ای بچشم! فقط باید هوای مرا داشته باشی.»

و فوری با شیوه‌ی آشنا، کلاهش را بالا کشید و به شکل خود در آمد و نفس راحتی کشید و گفت:

«آخیش!... خودم هم داشت حالم بد می‌شد.»

اسپروز که نقشه‌ای در ذهن داشت از بوراب پرسید:

«بوراب، برای رفتن به قصر کهیلا راه دیگری هم هست که به ما شک نکنند؟»

بوراب پرسید:

«چرا می‌خواهی به آنجا بروی؟»

اسپروز جواب داد:

«ژوبین هزارآینه آنجاست؛ بدون آن رفتن ما به سرزمین داج فایده‌ای ندارد.»

بوراب گفت:

«برای رفتن به قصر، راه دیگری هم هست، اما باید از هر هفت‌قلعه بگذریم و به پشت قلعه هفتم نفوذ کنیم.»

اسپروز از او پرسید:

«می‌توانی قبل از این که جشن خرمن شروع بشود، ما را به آنجا ببری؟»

بوراب جواب داد:

«هرکاری بتوانم می‌کنم که تو آن ژوبین را پس بگیری.»

همانطور که بوراب گفته بود، آنها برای رسیدن به مرکز فرماندهی کهیلا باید هر هفت‌قلعه را پشت سر می‌گذاشتند. در قلعه‌ی اول، بردگانی تنومند در میان صخره‌ها پراکنده بودند و با پتک، قطعات بزرگ سنگ را از صخره جدا می‌ساختند و بر پشت بردگان دیگری که پشت سر یکدیگر صف بسته بودند، بار می‌کردند. مسیر عبور بردگان سنگ‌کش، پرتگاهی باریک بود. چند مگس غول‌پیکر پروازکنان آنجا را زیر نظر داشتند و بوراب در نقش یک راهنما، با صدای بلند توضیح می‌داد که مگس‌ها شک نکنند:

«گروهی که شاهد فعالیت بی‌وقفه و مخلصانه‌ی آنها هستید قطعات سنگ را برای تعمیر و تقویت برج و باروهای هفت‌قلعه، تهیه و تولید می‌کنند و در این راه از هرگونه جان‌فشانی و ایثار، دریغ نمی‌ورزند.»

در همین هنگام یکی از بردگان سنگ‌کش، حین عبور از مسیر دشوار کوه، سقوط کرد و اما بقیه بی‌تفاوت نسبت به این حادثه، راهشان را ادامه دادند. بوراب، آهسته و طوری که فقط اسپروز، لوری و جانوشیار بشنوند، گفت:

«دیدید؟... مرگ دلخراش، سرنوشت همیشگی این بردگان نگون‌بخت است.»

لوری که حالش منقلب شده بود، گفت:

«حالم دارد بد می‌شود؛ خواهش می‌کنم مرا از اینجا دور کنید!»

•••

در قلعه‌ی دوم، تعدادی برده تحت تعلیمات جنگجویانه قرار گرفته بودند، گروهی از لابلای گوی‌های فلزی که به شکل آونگ در نوسان بود، حرکت می‌کردند. گروهی مشغول کوبیدن پیشانی بر سندان بودند. گروهی دیگر از روی گودالی که در آن آتش افروخته شده بود می‌پریدند و گروهی وزنه‌های سنگین بلند می‌کردند و مگس غول‌پیکری که تازیانه به دست داشت و هر از گاه آن را در هوا تکان می‌داد، کارِ نظارت، آموزش و تنبیه را به عهده داشت.

اسپروز، جانوشیار و لوری از پشت میله‌های بلند نظاره‌گر این عملیات بودند و بوراب با صدای بلند نقشش را ایفا می‌کرد:

«هر یک را که می‌بینید، به تنهایی یک قهرمان‌ست. قهرمانی که توان جنگیدن با یک سپاهِ مجهز را دارد. آنان شب‌ها و روزهای بسیاری را صرف تقویت قوای جسمانی می‌کنند و تمرین‌های سخت و جان‌فرسا را پشت سر می‌گذارند تا هر روز از روز پیش زبده‌تر، تواناتر و آماده‌تر شوند تا هر آنچه را که آموخته‌اند در مراسم روز جشن خرمن به نمایش گذارند.»

و بعد آهسته و طوری که فقط دوستانش بشنوند گفت:

«قهرمانانی تیره‌بخت که باید همدیگر را برای تفریح ارباب‌ها بکشند.»

•••

در قلعه‌ی سوم عده‌ای غلام و کنیزکوچک ، با لباس‌های رنگارنگ، تمرین رقص و موسیقی و نمایش می‌کردند. بوراب همانند قبل، وظایف آنان را که همانا گرمی‌بخش مجالس عیش و نوش کهیلا و اطرافیانش بودند، شرح داد و همگی از این که کودکانی زیبا می‌بایست موجبات خوشی و سرگرمی گروهی موجود کریه‌المنظر را فراهم کنند، افسوس خوردند و همانجا آرزو کردند که سرزمین هفت‌قلعه از سلطه‌ی هم پیمانان فیلوس آزاد شود و به صاحبان اصلیش تعلق گیرد.

•••

قلعه‌ی چهارم، قلعه‌ی آب بود. گروه انبوهی از بردگان، تحت نظارت گروهی از مگسان غول‌پیکر، در یک ردیف طولانی به هم زنجیر شده بودند و با نوای دهل، حرکات منظمی را انجام می‌دادند. آنان هر یک تسمه‌ای را به گُرده داشتند و سطل‌های بسیار بزرگ آب را از قعر چاه‌ها بیرون می‌کشیدند تا بر سر داربست‌های بالای چاه، واژگون شوند و آب زیادی در جوی‌های متعدد جاری سازند. سپس بردگان با نوای تند دهل و با سرعتی بیشتر، به عقب برمی‌گشتند که سطل‌ها دوباره درون چاه فرو روند.

•••

در قلعه‌ی پنجم گندمزار وسیعی پهنه‌ی دشت را پوشانده بود. گروهی از بردگان با داس، خوشه‌های گندم را درو می‌کردند. گروهی دیگر، حجم زیادی از خوشه‌های درو شده را تبدیل به بسته‌های بزرگ کرده و بر پشت گروهی دیگر بار می‌کردند. حرکات بردگان درکارها منظم و هماهنگ بود و مفاصل بدنشان هنگام کار صدایی یکنواخت تولید می‌کرد. بسته‌های گندم تا کنار دیوار بلند قلعه حمل می‌شد و آنجا در دریچه‌ی مخزنی عظیم و زرد رنگ، تخلیه شده و به آنسوی دیوار مکیده می‌شد. چند مگس غول‌پیکر بر فراز کشتزار در پرواز بودند و برده‌ای جرأت کم‌کاری نداشت.

•••

در قلعه‌ی ششم، بسته‌های بزرگ گندم از حفره‌ای در دیوار مشترک بین قلعه‌ی پنجم و ششم به پایین فرو می‌افتادند و در میان زمین و آسمان، توسط کرکس‌های سیاهِ عظیم‌الجثه تصاحب می‌شدند و آنها را با خود می‌بردند. بوراب از آن سه خواسته بود برای در امان ماندن از خطر کرکس‌ها، در میان گودالی مخفی باشند و صحنه را بنگرند. اسپروز با اشاره به آن چه که می‌دید گفت:

«یک معامله‌ی کثیف!... تأمینِ غذا برای ملخ‌های فیلوس. اما در عوضِ

چـه چیـز؟»

اسـپروز فکر نمی‌کرد کـه بـه زودی پاسـخ ایـن سـؤالش را در قصرکهیـلا خواهـد

گرفت.

•••

بـرای ورود بـه قصرکهیـلا، آنهـا از منطقه‌ای صعـب وکوهسـتانی عبورکردنـد تا از دیـد

مگس‌های دیدبان دور بمانند. به کنار دیـوار سـنگی سیاه و بلنـد قلعـه هفتـم کـه

رسـیدند، بـوراب گفت:

«بـرای ورود مخفیانه بـه قصر، تنهـا راه بالا رفتن از ایـن دیـوارسـت.»

اسـپروز مصمـم بـه انجـام ایـن کارگفت:

«مـا از ایـن دیـوار عبـور می‌کنیـم. مگر نه دوسـتان؟»

بقیـه از لحن شـورانگیز اسـپروز بـه هیجـان آمدنـد و اعلام آمادگـی کردنـد.

ابـزار صعـود از دیـوار سـنگی را بـوراب از قبـل تهیـه کـرده بـود. قلابـی کـه بـه

ریسـمان بسـته شـده بـود، بـا قـدرت بـازوی اسـپروز پرتـاب شـد و بـرکنگره‌ی دیـوار

اسـتوارگشت. سـپس ابتـدا خـود او بـه چابکـی از ریسـمان بالا رفت و بعـد بـوراب،

جانوشـیار و لـوری نیـز یکـی بعـد از دیگـری از او پیـروی کردنـد.

هنگامـی کـه بالا می‌رفتنـد، لـوری نفس‌زنـان گفت:

«امیدوارم روزی، از ایـن همه جان‌فشانـی یک افسانه‌ی تاریخـی نوشـته شـود.»

جانوشـیارکه از سـر بـه سرگذاشـتن او حتـی در ایـن موقعیـت غافـل نبـود، گفت:

«دعاکـن پایانـش بـا مـرگ نفر چهـارم غم‌انگیـز نشـود.»

لـوری منظـور او را فهمیـد و گفت:

«ولی شـما هـم یـک چیـز را فرامـوش نکـن؛ افسـانه‌ای کـه قهرمـان اصلی‌اش

بمیـرد، شـنیدن نـدارد.»

جانوشـیار خندیـد و گفت:

«اُه اُه! مواظـب بـاش چشم نخـوری!»

لوری گفت:

«حق داری مسخره کنی؛ تقصیر من بود که تو را از زندان کهیلا نجات دادم.»

جانوشیار در جواب به او گفت:

«در عوض اگر من می‌گذاشتم خوراک ازگهن‌ها بشوی، همین یک فرصت انسانی هم ازت گرفته می‌شد.»

لوری در دل گفت:

«دعا کن جانوشیار به آرزویی که دارم نرسم.»

جانوشیار پرسید:

«تو چیزی گفتی؟»

لوری کلافه شد و گفت:

«ای بابا! آدم جرأت ندارد با خودش هم درد دل کند!»

گفتگوی شیرین آن دو تا رسیدن به کنگره‌های دیوار قصر ادامه داشت. اسپروز که خود را به سرکنگره رساند، به دوستانش نیز در بالا آمدن کمک کرد و همگی در راه باریک و سنگفرش بین کنگره‌ها، پیش رفتند تا از مسیری که بوراب بلد بود، وارد قصر شوند و خود را به تالار قصر برسانند و در حساس‌ترین لحظه، در پناه ستون سیاه و قطور تالار قصر، ناظر معامله‌ای شدند که پاسخ سؤال پیشین اسپروز در آن نهفته بود.

در تالار قصر، پشت میزی از مرمر سیاه، کهیلا و مردی که چهره‌ای شبیه جغد داشت، نشسته بودند. مرد جغدی، سندی را که پیش رو داشت، امضاء کرد و بعد سند و قلم را به سمت کهیلا سُراند. کهیلا هم سند را امضا کرد و گفت:

«امیدوارم جنس شما به همان مرغوبی باشد که ما انتظار داریم.»

مرد جغدی با صدایی که بر خلاف جثه‌اش، زیر و مضحک بود، گفت:

«ما به دوستان خود جنس بُنجُل تحویل نمی‌دهیم.»

لوری که از آهنگ صدای مرد جغدی خنده‌اش گرفته بود، گفت:

«چه صدای مضحکی!»

مرد جغدی در جعبه‌ای را که در مقابل داشت، بازکرد و ضمن گذاردن سند در آن، جعبه‌ی سیاه دیگری را بیرون آورده و جلو کهیلا گذاشت. کهیلا با اشتیاق در جعبه را گشود و از ماده‌ی سیاه رنگی که درون آن بود تکه‌ای برداشت و بو کرد و سپس مقابل بینی سرهای دیگرش گرفت تا آنها هم بوکنند و سه تایی از استشمام آن نشئه شوند. مرد جغدی پرسید:

«پسندیدید دوست عزیز؟»

کهیلا و دو سر دیگر با ابراز رضایت جواب دادند:

«بهترین بود.»

برخلاف آنان لوری چهره در هم کشید و گفت:

«پیف! چه بوی گندی!»

جانوشیار و اسپروز و بوراب هم جلو بینی خود را گرفتند. جانوشیار گفت:

«حاضرم شرط ببندم، آن معجونِ داخل جعبه به احتمال بسیار عصاره‌ی مدفوع ملخ‌هاست.»

اسپروز پرسید: «چه رازی در این معامله نهفته است؟»

بوراب با نفرت گفت: «راز چیرگی بر هفت قلعه!»

کهیلا بعد از اشباع از بوی معجون متعفن، خطاب به مرد جغدی گفت:

«موافق باشید، معجزه‌اش را در حضور شما آزمایش کنیم.»

مرد جغدی گفت:

«مشتاقم که برای بار دیگر هم ببینم.»

کهیلا، درِ جعبه‌ی دیگری را گشود. تعداد زیادی مگس کوچکِ معمولی از درون جعبه خارج شدند و وزوزکنان به پرواز درآمدند. کهیلا خطاب به مگس‌ها ندا سرداد:

«آخرین پروازهای حقیرانه‌ی خود را انجام دهید عزیزانم که تا لحظاتی دیگر

پا به دنیای پرشکوه و اقتدار ما می‌گذارید.»

کهیلا، جعبه‌ی سیاه را روی میزگذاشت. مگس‌های کوچک به محتویات جعبه حمله‌ور شده و تغذیه کردند و در مقابل چشمان متعجب اسپروز، جانوشیار و لوری یک به یک رشد کردند و تبدیل به مگس‌هایی غول‌پیکر شدند و پروازکنان از روزنه‌ی فراخ سقف تالار خارج شدند.

کهیلا سرمستانه بانگ برآورد:

«بروید عزیزان من! جشن خرمن به یُمن تولد دوباره‌ی شما برپا شده است!»

و در ادامه خطاب به مرد جغدی گفت:

«برای آن که به دوستان خود ثابت کنیم که همواره به آنان اعتماد داریم، هدیه‌ای مخصوص برای فیلوس بزرگ داریم. هدیه‌ای که ایشان را از خوشی سرشار خواهد کرد.»

مرد جغدی با کنجکاوی گفت:

«مشتاقم بدانم این هدیه چیست.»

کهیلا گفت:

«چیزی که سالیان دراز در جستجویش بودید.»

مرد جغدی بی‌تابانه گفت:

«دوست عزیز قصد ندارید که مرا دِق مرگ کنید.»

کهیلا جعبه‌ای را از زیر میز بیرون آورد و جلو مرد جغدی نهاد و او با احتیاط درِ جعبه را بازکرد و از دیدن ژوبین هزارآینه و تشعشع آن چشمانش آزرده شده و به سرعت درِ جعبه را بست و با حیرت گفت:

«باورکردنی نیست!... ژوبین هزارآینه!»

کهیلا پیروزمندانه گفت:

«به فیلوس تقدیم کنید تا ارادت ما را باور کند.»

مرد جغدی با خوشحالی گفت:

«ما مدت‌هاست که سازنده‌ی خائن این ژوبین را زیر شکنجه داریم و هنوز اقرار نکرده. اگر این ژوبین همان باشد که ما در جستجویش هستیم، بزرگترین پاداش نصیب شما خواهد شد.»

و بعد از کهیلا پرسید:

«مایلم بدانم این ژوبین چطور به دست شما رسید؟»

کهیلا گفت:

«در محموله‌ی جاسوس خائنی کشف شده که باید همین امروز، در مراسم جشن خرمن قربانی شود.»

در همین زمان صدای شیپورها از دور به گوش رسید و کهیلا ادامه داد:

«آه! جشن ما آغاز شد. شما را به تماشای این جشن باشکوه دعوت می‌کنم.»

اسپروز آهسته به جانوشیار گفت:

«اگر هزارآینه به چنگ فیلوس بیفتد، کار آژمان تموم است. من باید آن را پس بگیرم.»

جانوشیار مخالفت کرد و گفت:

«نه اسپروز، این کار خطرناک ست!»

اسپروز گفت:

«چاره‌ای جز این کار ندارم... هوای مرا داشته باشید.»

اسپروز از مخفیگاه بیرون آمد. کهیلا و مرد جغدی متوجه حضور غیر منتظره‌ی او شدند. اسپروز فرصت واکنش به کهیلا نداد و گفت:

«جناب کهیلا، جسارت مرا بخشید. من و دوستانم رنج زیادی را تحمل کردیم که ژوبین هزارآینه را به خدمت فیلوس بزرگ ببریم. برای ما اکنون امکان بازگشت به آلانان وجود ندارد، چون که به خیانتی بزرگ متهمیم. به همین دلیل درخواست می‌کنم اجازه بدهید هزارآینه را ما به خدمت فیلوس ببریم تا از مزد خدمتگزاری بی‌نصیب نمانیم.»

دو سر جانبی، دهانشان را به گوش‌های کهیلا نزدیک کردند و چیزی گفتند که در پی آن کهیلا از اسپروز پرسید:

«برای ما سؤال ست، کسی که قبلاً حتی یک کلمه از دهانش بیرون نیامده، اکنون سخنگوی بقیه شده... تو چطور وارد اینجا شدی؟ دوستانت کجایند؟»

جانوشیار و پشت سر او لوری هم از مخفیگاه بیرون آمدند. جانوشیار گفت:

«ما اینجاییم، خدمت شما.»

لوری هم سخن او را پی گرفت و گفت:

«و تقاضای دوستمان را تکرار می‌کنیم. لطفاً هزارآینه را به ما برگردانید.»

دیدن لوری در قیافه‌ی اصلی خود، کنجکاوی کهیلا را برانگیخت و پرسید:

«تو کی هستی؟ قبلاً تو رو ندیده‌ام.»

لوری فوری متوجه شد که لو رفته است، اما خود را جمع و جور کرد و کلاهش را بر سر کشید و تبدیل به بیدرفش شد و گفت:

«بیدرفشم قربان، چطور به جا نیاوردید؟»

صورت هر سه سر از خشم سرخ شد و کهیلا داد زد:

«ای فریبکار لعین! سر ما را کلاه گذاشتی؟»

و سرهای دیگر هم پی‌درپی تکرار کردند:

«کلاه می‌گذارد... کلاه برمی‌دارد!»

بوراب از مخفیگاه بیرون آمد و دوستانش را از خطری که تهدیدشان می‌کرد آگاه نمود:

«زودباشید فرار کنیم؛ الان همه را فرا می‌خواند!»

و هنوز سخن بوراب به آخر نرسیده بود که وزوزگوشخراش کهیلا و سرهای جانبی‌اش برخاست و لحظه‌ای بیش نگذشت که اولین مگس غول پیکر از روزنه‌ی سقف تالار به درون آمد. بوراب داد زد:

«فرار کنید، آمدند!»

اسپروز نگاهی به سقف و سپس به مرد جغدی انداخت. مرد جغدی انگار نیت اسپروز را حدس زد و لذا دست برد و جعبه‌ی محتوی ژوبین هزارآینه را بغل کرد.

اسپروز با جستی ناگهانی به سمت میز یورش برد. مرد جغدی فوری جعبه را برداشت و گریخت و اسپروز او را دنبال کرد. تند باد ناشی از بال‌های مگسی که حمله‌ور شده بود، طوفانی به پا کرد که هم اسپروز و هم مرد جغدی را در بر گرفت. مرد جغدی بر اثر تندباد تعادلش را از دست داد و جعبه از دستش افتاد و در معرض تندباد، بر کف صیقل تالار به هر سمت می‌لغزید. لوری و جانوشیار و بوراب هم به کمک اسپروز آمدند و هر یک در حالی‌که مراقب خرطوم‌های بلند و ترسناک مگس‌ها بودند، سعی در گرفتن جعبه نیز داشتند که در ضمن این کار دایماً تعادلشان به هم می‌خورد و موفق به گرفتن جعبه نمی‌شدند. سرانجام جعبه در یک موقعیت حساس به سمت پنجره‌ی باز تالار کشیده شد. اسپروز با همه‌ی توان به سمت پنجره دوید و آنگاه با پروازی شکوهمند، هوای طوفانی پیرامونش را در نوردید و در آخرین لحظه، جعبه را در آغوش گرفته و با آن به کف تالار غلتید و همزمان فریاد هشدار دهنده‌ی جانوشیار برخاست:

«مواظب باش اسپروز، بالای سرت هستند!»

اسپروز غلتی زد و مگس‌ها را دید که به سمتش حمله‌ور شده بودند. فوری در جعبه را گشود و ژوبین هزارآینه را بیرون آورد و بالا گرفت. هزارآینه در معرض نور شروع به درخشیدن کرد و پرتوهای نورانی و رنگینش به جنگ تندباد رفتند و چون سدی در مقابل آن قرار گرفتند. اسپروز از جا بلند شد و ژوبین را در دست چرخاند. امواج رنگین به چرخش در آمدند و تندباد را عقب راندند. هر چه اسپروز جلوتر می‌آمد، مگس‌ها بیشتر به عقب رانده می‌شدند و از روزن فراخ سقف به بیرون می‌گریختند. جانوشیار، لوری و بوراب در پناه اسپروز حرکت می‌کردند و با شگفتی شاهد مبارزه‌ی نور و باد بودند و باشکوه‌ترین لحظه هنگامی بود که کهیلا نیز به پرواز در آمد و آخرین مگسی بود که از روزن گریخت.

مرد جغدی هم که معلوم نبود کی و از کجا فرار کرده است. اسپروز به سمت دوستانش چرخید و با تبسم گفت:

«تا وقتی که هزارآینه در دست ماست، آنان نمی‌توانند آسیبی به ما برسانند.»

•••

بعد از خروج از هفت قلعه، تپه‌ی محل دفن مبارزین، محل وداع مردان آلانان با بوراب و یاران او شد. خورشید در حال غروب بود و سرخی باشکوهی به محیط می‌بخشید. اسپروز خطاب به بوراب و یارانش گفت:

«دوستان... از این که ناگزیر به وداع با شما یاران وفادار هستیم، غمگینیم... اما چه کنیم که این راه باید تا پایان پیموده شود و مطمئنم که شما هم با ما هم عقیده هستید که تا وقتی فیلوس وجود دارد، کهیلا هم وجود خواهد داشت.»

بوراب گفت:

«درست می‌گویی... شاید در ابتدا مایل بودیم که در کنار ما باشی و در مبارزه با کهیلا ما را یاری کنید، ولی هدف تو که کوبیدن سرِ مار است، مقدس و به مراتب مهم‌تر است. پس، از صمیم قلب برای تو و یارانت آرزوی پیروزی می‌کنیم.»

همان زمان در آلانان، روشنک پشت دار قالی نشسته بود و انگشتانش بر تار و پود فرش، نقش خیال می‌بافت. او لحظه‌ای رُخش را به سمت پنجره چرخاند و در حالی که سرخی غروب خورشید، رنگ رخسارش را حالت داده و بر ملاحتش افزوده بود، عاشقانه در دل نجوا کرد:

«من هم از صمیم قلب برایت آرزوی پیروزی می‌کنم محبوبم!»

چهارم ● سرزمین داج ●

جنگل مه‌آلود بود و اسپروز و جانوشیار به زحمت اطرافشان را می‌دیدند. جانوشیار گفت:

«چه مه غلیظی! هوا بوی روزی را می‌دهد که ملخ‌های فیلوس به آلانان حمله کردند.»

اسپروز هوا را بو کرد و گفت:

«حس عجیبی به من می‌گوید، به سرزمین داج نزدیک شده‌ایم.»

بعد ایستاد و به پشت سرش نگاهی کرد و گفت:

«صبر کنیم لوری بیاید. چرا مرتب عقب می‌افتد؟»

جانوشیار گفت:

«بنظرم رفتارش کمی مشکوک شده.»

اسپروز خندید و گفت:

«تو به همه کار او شک داری.»

و در حقیقت، شک جانوشیار نسبت به رفتار لوری چندان هم بی‌اساس نبود و او اندکی فاصله گرفته بود تا نقشه را از کلاهش بیرون بیاورد و بار دیگر مسیر را شناسایی کند و بعد از این کار، خودش را با عجله به اسپروز و جانوشیار رساند. جانوشیار با سوءظن از او پرسید:

«تو چرا هر از گاهی غیبت می‌زند؟»

لوری که از قبل می‌دانست با چنین سؤالی از طرف جانوشیار مواجه خواهد شد، قیافه‌ای متفکر به خود گرفت و جواب داد:

«جانوشیار عزیز، لحظاتی خلوت با خود، آدم را به مرز آگاهی‌های شگفتی می‌برد و راه رسیدن به اعماق عجیب و غریب ذهن را هموار می‌کند.»

جانوشیار با بی‌حوصله‌گی گفت:

«فلسفه نباف لوری، این اداها اصلاً به تو نمی‌آید؛ بگو ماجرا چیست؟»

لوری مقصودش از آسمان و ریسمان به هم بافتن را آشکار ساخت و گفت:

«راستش داشتم با خودم فکر کردم که ما داریم به کجا می‌رویم؟ آیا داریم راه را درست می‌رویم؟ آیا گم نشده‌ایم و صد آیای دیگر، که یک مرتبه نفهمیدم چه اتفاقی افتاد که کوتاه‌ترین مسیر برای رسیدن به مقصد به من الهام شد.»

جانوشیار پوزخندی زد و گفت:

«باز هم از همان خیال‌بافی‌های ابلهانه!»

اسپروز به جانوشیار گفت:

«به او اجازه‌ی صحبت بده جانوشیار، ببینیم چه پیشنهادی دارد.»

لوری قاطعانه و با نشان دادن مسیری مشخص گفت:

«از این طرف که برویم به دریاچه‌ای می‌رسیم که آبش سیاه‌رنگ است. مسیر درست از همان طرف است.»

اسپروز نگاهی به جانوشیار کرد و گفت:

«امتحانش ضرر ندارد.»

در ادامه‌ی مسیری که لوری تعیین کرده بود، مه غلیظ‌تر و تیره‌رنگ شده بود و آنها مجبور شدند که مشعل روشن کنند. پس از گذشت زمانی نه چندان طولانی، پیش‌بینی لوری به وقوع پیوست و آنها به ساحل تالابی رسیدند که در پرتو نور مشعل، کم و بیش می‌شد تشخیص داد که آب آن سیاه‌رنگ است. اسپروز با شگفتی گفت:

«انگار واقعاً سیاه است!»

جانوشیار رو به لوری کرد و گفت:

«حرف‌هایت همان قدر که حقیقت دارد، مشکوک هم هست. من عاقبت ته و توی کار تو را در می‌آورم.»

اسپروز گفت:

«حالا این چه اهمیتی داره جانوشیار؟ مهم این است که لوری می‌تواند ما را به سرزمین داج هدایت کند.»

لوری لبخندی زد و در دل خود گفت:

«و صد البته لوری را به درخت آرزو!»

با هدایت لوری، به غاری رسیدند و در آنجا آتشی افروختند تا رفع گرسنگی و خستگی کنند. جانوشیار که همچنان نسبت به پیشگویی‌های لوری مشکوک بود، از او پرسید:

«لوری می‌خواهم به سؤال من یک جواب قانع کننده بدهی. تو اهل این حرف‌ها نبودی؛ ماجرای این پیشگویی‌ها چیست؟»

لوری به پاسخ‌های همیشگی متوسل شد و جواب داد:

«ببین عزیزم. شخصیت‌های خیلی خیلی بزرگ متعلق به سرزمین خاصی نیستند. در واقع آنان فرزندان زمین هستند. آره، جانوشیار جان.»

جانوشیار از کوره در رفت و گفت:

«این چه ربطی به سؤال من دارد بچه؟ ببین لوری، مزه پراکنی و جفنگ‌گویی، ذره‌ای افکار مرا منحرف نمی‌کند. تو با جانوشیار موشکاف طرفی، نه برگ چغندر. تا صبح به تو مهلت می‌دهم که یک جواب قانع کننده به من بدهی.»

بعد همانجا کنار آتش درازکشید و کلاهش را بر روی صورت کشید، اما پس از لحظه‌ای کوتاه، کلاه را بالا زد و خطاب به لوری گفت:

«درضمن، بار دیگه مرا جانوشیار جان خطاب کنی، کلاهمان توی هم می‌رود بدجوری!»

جانوشیار دوباره کلاه را بر صورت کشید و فوری خُروپُفش بلند شد. اسپروز که از نوع برخورد آن دو با هم خنده‌اش گرفته بود، به لوری گفت:

«برای جلب اعتماد جانوشیار به زمان احتیاج داری.»

لوری سری تکان داد و گفت:

«می‌دانم... و فردا هم روز دیگری‌ست.»

•••

و فردا واقعاً روز دیگری بود. اسپروز که از خواب بیدار شد، از لوری خبری نبود و روی کلاه جانوشیار که صورتش را پوشانده بود، نامه‌ای دیده می‌شد. اسپروز نامه را برداشت و با کنجکاوی گشود و شروع به خواندن کرد. جانوشیار که همان لحظه از خواب بیدار شده بود، بی‌آن که کلاه را از روی صورتش بردارد گفت:

«مهلتت تمام شد لوری.»

و چون پاسخی نشنید، ادامه داد:

«بیا ازین لحظه با هم قراری بگذاریم لوری... تو راستش را بگو که اصل ماجرا چیست، من هم رفتارم را با تو عوض می‌کنم... آیا چیزی هست که آن را از ما پنهان کرده باشی؟»

و چون باز هم جوابی نشنید، ادامه داد:

«خیال نداری حرف بزنی؟... شاید فکر می‌کنی که من می‌خواهم ازت اقرار بگیرم، آره؟... بگذار خیالت را راحت کنم؛ در حال حاضر اقرار تو در این شرایط چه ارزشی دارد؟... در شرایطی که معلوم نیست آیا ما به مقصد می‌رسیم، یا اگر رسیدیم آیا امکان بازگشتی هست یا نه؟... در چنین شرایطی چه فرقی می‌کند که من و تو درگذشته چه خُرده‌حسابی با هم داشته‌ایم، یا نداشته‌ایم؟ چه فرقی می‌کند که من و تو کدامیک غالب بودیم، کدامیک مغلوب؟... من و تو در حال حاضر با هم وارد یک ظلمات شده‌ایم و اگر قرار باشد بیرون بیاییم، با هم می‌آییم. آنچه که فقط در این لحظه مهمست این است که با هم روراست باشیم. این است که وقتی به پشت سر نگاه می‌کنیم، خالی نباشد.»

اسپروز که در این فاصله خواندن نامه را به اتمام رسانده بود، گفت:

«برای این حرف‌ها کمی دیر شده.»

جانوشیار اول واکنشی نشان نداد، ولی بعد با حرکتی تند کلاهش را از روی صورت برداشت و همزمان نیم‌خیز شد و نگاه کنجکاوش به سرعت همه جا را از نظر گذارند و منظور اسپروز را درک کرد و پرسید:

«رفت؟»

اسپروز سری تکان داد و گفت:

«آره... رفته و این نامه را برای ما جاگذاشته است.»

جانوشیار با کنجکاوی نامه را گرفت و خواند. در نامه نوشته شده بود:

«دوستان مرا درک کنید. موجود گمنامی را که فرصت پیدا کرده آدم مهمی بشود، درک کنید. نقشه درخت آرزو پیش من بود و باید حفظش می‌کردم و برای رسیدن به مقصود به همراهی مردی شجاع به نام اسپروز احتیاج داشتم و البته مرد باهوشی به نام جانوشیار. و صد البته از حق نگذریم که بنده هم به نوبه‌ی خود مشکلات بسیاری را حل کردم. دوستان! غاری که در آن هستید آخرین نقطه‌ای بود که باید از هم جدا می‌شدیم. ای کاش آرزوهایمان یکی

بود و باز هم با هم می‌بودیم، ولی اجازه بدهید لوری دنبال سرنوشت خود برود و شما به دنبال سرنوشت خود... دوستان، تنها راه مخفی برای رسیدن به قلعه‌ی فیلوس در همین غار است و دروازه‌ی آن گشوده نمی‌شود، مگر به مدد نیروی تن و قلب. و اسپروز پیش ازین ثابت کرده که مرد این لحظه‌هاست. صمیمانه برایتان آرزوی پیروزی دارم. لوری.»

جانوشیار بعد از خواندن نامه، از جا بلند شد و در آستانه‌ی غار، پشت به اسپروز ایستاد و چشم به منظره‌ی مه‌آلود بیرون دوخت. اسپروز کنجکاو نسبت به این که جانوشیار چرا بر خلاف همیشه واکنشی نشان نداد، از جا برخاست و رفت پشت سر او ایستاد و گفت:

«من لوری را سرزنش نمی‌کنم... دلم می‌خواست با ما باشد، اما نه به اجبار... با این وجود دلم برایش تنگ می‌شود، برای شیرین‌زبانیش، برای خیالبافیش، برای مهربانیش... ولی دوست ندارم آزادی انتخاب را ازش بگیرم... او خیلی به ما کمک کرد. تو هم خیلی کمک کردی. من... بی شما به نیمه‌ی راه هم نمی‌رسیدم.»

و چون از جانوشیار پاسخی نشنید، ادامه داد:

«حتی اگر تو هم بخواهی مرا ترک کنی، دلم برایت تنگ می شود، ولی مانعت نمی‌شوم.»

جانوشیار با حرکتی تند به سمت اسپروز چرخید و با تحکمی آمیخته با اندوه گفت:

«کافیست! ... من تا آخر با تو هستم.»

آن دو چشم در چشم هم دوختند و نگاه، سخن دلشان را بازگو می‌کرد.

•••

در همان زمان که جانوشیار و اسپروز به خاطر جدایی از دوستی که به او عادت کرده بودند تأسف می‌خوردند، فرسنگ‌ها دورتر از غار، لوری که نقشه را روی

زمین گسترانده بـود و زیر پرتـو نـور مشـعل، علایـم مسـیر را شناسـایی می‌کرد، بـا توجه به این که مسیر شمال شرق، نصف روز از مسیر شمال غرب نزدیک تر ولی باتلاقی و خطرناک بـود، از خـودش پرسید:

«حالا چکار می‌خواهی بکنی لوری خان؟»

و بعد ضمن تاکردن نقشه به خودش جواب داد:

«به قول مادربزرگ، دیر رسیدن بهتر از هرگز نرسیدن است. پس پیش به سـوی شمال غرب. پیش بـه سـوی درخت آرزو!»

و بلافاصله صدایی عجیب از پشت سرش گفت:

«آرزویش را به گور می‌بری!»

لوری به پشت سر نگاه کرد و از وحشت نزدیک بـود قالب تهی کند. بیدرفش که به طرز غریبی بـزرگ و غول‌پیکر شده بـود، بـالای سرا و حاضر بـود. بیدرفش بـا همان صدای نکره که با اندامش متناسب بود، گفت:

«شناختی؟... شرط می‌بندم هیچوقت فکر نمی‌کردی بیدرفش با این هیبت روی سرت ظاهر شود.»

لوری با لکنت پرسید:

«چه می‌خواهی؟»

بیدرفش گفت:

«خودت بهتر می‌دانی. نقشه را می‌خواهم.»

لوری خودش را کمی جمع و جور کرد و با لبخندی تصنعی گفت:

«تو حالا به آرزویت رسیده‌ای و به انـدازه‌ی کافی قوی شده‌ای؛ این نقشـه بـه چه دردت می‌خورد؟»

بیدرفش مشت‌ها را گره کرد و گفت:

«آن چه دارم، پاداشی است کـه کهیـلا بـه مـن داده، ولی کافی نیسـت. مـن هنـوز آرزوهـای بزرگـی در سـر دارم.»

لوری خود را جمع و جور کرد و گفت:

«باورکن، خشونت به نفع هیچ‌کدام از ما نیست؛ می‌شود در محیطی دوستانه، مذاکره کرد.»

بیدرفش با پوزخند گفت:

«می‌بینی که؛ کلاهی که سرم توی آن برود، هنوز دوخته نشده.»

لوری گفت:

«می‌توانیم حتی درباره‌ی یک شراکت شیرین به توافق برسیم.»

بیدرفش که گوشش بدهکار پیشنهادهای لوری نبود، گفت:

«نقشه را رد کن بیاید!»

اما لوری که همچنان در صدد اغوای بیدرفش بود، گفت:

«به آن روزها فکر کن که هر دو در یک سرزمین زندگی می‌کردیم.»

و چون بیدرفش از خشم غرید، فوری گفت:

«خیلی خوب، هر چه تو بگویی!»

لوری از جا بلند شد، اما به جای عمل به خواست بیدرفش، در یک حرکت غافلگیرانه مشعل را به صورت او کوبید. بیدرفش لحظه‌ای منفعل شد و همین به لوری مجال داد که بگریزد. بیدرفش مشعل را از زمین برداشت و لوری را دنبال کرد و برای این که در تاریکی گمش نکند، درختان خشکیده را با مشعلی که در دست داشت، پی در پی به آتش می‌کشید و فضای جنگل را روشن و دودآلود کرده بود. لوری که هر لحظه بیشتر خطر را بیخ گوش حس می‌کرد با خودش گفت:

«حالا دیگر حق انتخاب با تو نیست لوری؛ نصیحت مادربزرگ به درد زمان صلح می‌خورد، پس پیش بسوی باتلاق!»

لوری با همه‌ی توان دوید و خسته و نفس‌زنان خود را به محوطه‌ی باتلاق رساند. باتلاق پوشیده از خزه، لجن و برگ‌های پهن بود و لوری از ترس، برای عبور از آن دچار تردید شد و حتی صدای گام‌های بیدرفش که نزدیک می‌شدند

و زمین را زیر پای لوری می‌لرزاند نیز از تردید او نکاست، اما هنگامی که سر و کله‌ی غول‌آسای بیدرفش پیدا شد فکری به ذهنش رسید و با صدای بلند و تهدیدآمیزی بیدرفش را مخاطب قرار داد و گفت:

«جلوتر نیا! اگر جلو بیایی، مجبورم توی باتلاق بروم. آنوقت دیگر نه تو نقشه را خواهی داشت، نه من... پس بهترست هرکدام به چیزی که داریم قانع باشیم... تو هیکل گنده‌ات را داشته باش، من هم نقشه را.»

بیدرفش با نهیب لوری ایستاد و گفت:

«من به خوردن آن کثافت رضایت دادم که نقشه را به چنگ بیاورم؛ فکر کردی به همین سادگی از دستش می‌دهم؟»

بیدرفش به دنبال این حرف، با تمام قوا، هوای بازدمش را به سمت لوری فوت کرد. طوفانی به پا شد که علیرغم تلاش لوری، نقشه را از میان دستانش خارج کرد و به سمت باتلاق برد و بر روی برگ پهنی در میان باتلاق افکند. بیدرفش بی‌درنگ پا به درون باتلاق نهاد و به سمت نقشه گام برداشت. پیشروی در باتلاق برای او دشوار بود و به واسطه‌ی جثه‌ی سنگینش هر لحظه بیشتر در باتلاق فرو می‌رفت، اما با این وجود پیشروی را با جدیت و انگیزه‌ی زیاد انجام می‌داد.

لوری فکر دیگری به نظرش رسید و کلاه را بر سرش پایین کشید و تبدیل به قورباغه‌ای درشت شد و با جست بر روی برگ‌های پهن، خود را زودتر از بیدرفش به نقشه رساند. بیدرفش که اکنون تا کمر در باتلاق فرو شده بود، با خشم به لوری نگاه کرد و گفت:

«نقشه را بنداز و گورت را گم کن، وگرنه هم نقشه را می‌گیرم، هم تو را قورت می‌دهم.»

لوری با خنده گفت:

«گوشت لزج قورباغه که خوردن ندارد.»

بیدرفش گفت:

«بدتر از کثافتی نیست که کهیلا به خوردم داد.»

بیدرفش این را گفت و گام دیگری جلو آمد و بیشتر فرو رفت. لوری دلش به حال او سوخت و گفت:

«جلوتر نیا، غرق می‌شوی!»

بیدرفش توجهی به هشدار او نکرد و گام دیگری جلو آمد و تا سینه در باتلاق فرو رفت.

لوری خواهش کرد و گفت:

«جلوتر نیا!... بپاس دوستی نیم‌بندی که با هم داشتیم، خواهش می‌کنم برگرد.»

اما عطش دستیابی به نقشه، بر تعقل بیدرفش چیره بود و با همه‌ی تلاش جلو می‌آمد و هر لحظه بیشتر در باتلاق فرو می‌رفت و وقتی به نزدیکی لوری رسید، بیشتر از آن نتوانست جلوتر بیاید و در حالی‌که فقط سر و یک دستش از باتلاق بیرون بود، از حرکت باز ماند. لوری دید که بیدرفش به تدریج در باتلاق فرو می‌رود و چون تاب دیدن این منظره را نداشت، چشم‌هایش را بست و پس از گذشت لحظاتی، وقتی چشم‌هایش را باز کرد، بیدرفش کاملاً غرق شده بود و تنها نشانه از او حباب‌هایی بود که بر سطح باتلاق می‌ترکید.

•••

و اما در غار، اسپروز و جانوشیار بعد از آن که از بازگشت لوری نومید شدند، بنا به آخرین توصیه‌ی او محوطه‌ی آنجا را وارسی کردند و حلقه‌ای فلزی را که در دیواره سنگی تعبیه شده بود پیدا کردند. اسپروز گفت:

«شبیه به حلقه‌ای است که در غار آلانان بود و من سال‌ها با آن دست و پنجه نرم کردم. مطمئنم که ارتباطی بین این دو وجود دارد.»

و بعد حلقه را گرفت، در میان پنجه فشرد و با همه قدرت کشید. دیواره‌ی غار با صدای مهیبی شکاف برداشت و گشوده شد. چشمان جانوشیار از تعجب

بازمانده بود. در ورای شکافی که هر لحظه بازتر می‌شد، نورکم رمق خاکستری رنگ چرکینی سوسو می‌زد.

جانوشیار و اسپروز از شکاف وارد معبری شدند که هاله‌ی خاکستری رنگ از انتهای آن می‌تابید. جانوشیار گفت:

«آن هاله‌ی خاکستری، ما را به مقصد هدایت می‌کند.»

به انتهای معبر که رسیدند، متوجه شدند که هاله‌ی خاکستری رنگ از دریچه‌ای نسبتاً مرتفع به بیرون می‌تابد. اسپروز به جانوشیار گفت: «برو روی شانه‌هایم و از دریچه نگاه کن.»

جانوشیار روی شانه‌های اسپروز رفت و با دست لبه‌ی دریچه را گرفت و خود را بالا کشید و به داخل نگاه کرد. اسپروز پرسید:

«چه می‌بینی؟»

جانوشیار شگفت‌زده پاسخ داد:

«یک شهر خاکستری!... قلعه‌ی فیلوس همین‌جاست.»

آن دو پس از ورود محتاطانه به شهر خاکستری با محیطی عجیب مواجه شدند. معماری شهر، با بلورهای شفاف و نامنظم آن، کوه یخی عظیم و شناوری در یک اقیانوس خاکستری را تداعی می‌کرد و انتهای آن به حفره تاریک و مه‌آلودی ختم می‌شد که از اعماق آن انسان‌هایی که تخم چشمانشان یکپارچه سفید بود، بر روی تسمه‌ای متحرک به بیرون منتقل می‌شدند. آنان پوششی یکسان بر تن داشتند و به ابزار کارگران حفار مجهز بودند و هر یک تیشه‌ای سنگ‌شکن بر دوش حمل می‌کردند. آنان یکی بعد از دیگری به درون محفظه‌ای دوار رانده می‌شدند که عده‌ای مانند اسب عصاری آن را به چرخش در می‌آوردند. کارگران پس از خروج از محفظه‌ی دوار، پوشش و ابزار حفاری نداشتند و تسمه‌ی متحرک دیگری آنان را بطرف سقف هدایت می‌کرد و در نقطه‌ای دور و وهم‌آلود همچون اشباحی لرزان ناپدید می‌شدند و در جهت معکوس و بصورت موازی،

افراد دیگری پدیدار می‌شدند که بوسیله‌ی تسمه‌ی متحرک، به درون محفظه دوار وارد می‌شدند و هنگامی که از آنسوی محفظه بیرون می‌آمدند، به پوشش حفاری و تیشه‌ی سنگ‌شکن مجهز بودند و توسط تسمه‌ی متحرک دیگری به اعماق حفره سیاه انتقال می‌یافتند. اسپروز که در کنار جانوشیار در جای مناسبی پنهان بودند، به او گفت:

«آنها، هیچکدام جایی را نمی‌بینند.»

جانوشیار پرسید:

«از کجا مطمئنی؟»

اسپروز جواب داد:

«قبلاً از آژمان شنیده‌ام.»

و با اشاره به حفره‌ی انتهایی گفت:

«باید بفهمیم آن حفره به کجا ختم می‌شود.»

اسپروز و در پی او جانوشیار، با احتیاط و از حاشیه، خود را به محفظه‌ی دوار نزدیک کردند. اسپروز نگاهی به در ورودی محفظه کرد و گفت:

«باید وارد محفظه شویم.»

آن دو دست یکدیگر را گرفتند و در یک لحظه مناسب با سرعت وارد محفظه شدند و لحظه‌ای بعد، همراه بقیه و در پوشش حفاران و تیشه‌ای بر دوش، از آنجا بیرون آمدند و توسط تسمه‌ی متحرک به سمت حفره تاریک رانده شدند و به درون آن فرو رفتند.

انتهای حفره، مدخل معدن طلای بزرگی بود که کارگران در آنجا کار می‌کردند. ضربات تیشه‌ها سنگ دیواره‌ی معدن را خُرد می‌کردند و درخشش زرد طلا، معدن تاریک را روشن می‌کرد و در پرتو این تابش‌های زرد، سنگ‌های طلا در گاری‌های مخصوصی به نقطه‌ای نامعلوم حمل می‌شدند. اسپروز و جانوشیار نیز همانند دیگر کارگران به کار مشغول شدند و در عین حال جوانب را نیز زیر نظر

داشتند. جانوشیار تکه‌ای از سنگ طلا را به اسپروز نشان داد و گفت:

«طلای ناب است و در عمرم چنین چیزی نه دیده‌ام، نه شنیده‌ام. چه ثروت
هنگفتی!»

اسپروز که نگاهش در پی گاری‌ها بود گفت:

«این گاری‌ها به کجا می‌روند؟»

و هنوز جوابش را نگرفته بود که صدای فریاد دلخراشی برخاست. تیشه‌ی
یکی از کارگران حفار، او را زخمی کرده بود و عجیب این بود که هیچ یک از کارگران
دیگر واکنشی نشان ندادند و همچنان به کار خود مشغول بودند. اسپروز قصد
کمک به کارگر مجروح را داشت که جانوشیار آستینش را کشید و مانعش شد،
زیرا که همزمان اتاقک چرخدار متحرکی با سرعت نزدیک شد و ایستاد و عده‌ای
که چهره‌شان شبیه به خفاش بود، از آن پیاده شدند و به سمت کارگر مصدوم
آمدند و او را به اتاقک منتقل کردند. اندک زمانی نگذشت که کارگر مصدوم با
دستان زخم‌بندی شده از آنجا بیرون آمد و به محل اولش برگشت و مشغول به
کار شد و اتاقک متحرک به همان سرعت از راهی که آمده بود، برگشت. جانوشیار
با تعجب گفت:

«عجیب‌ست، نگذاشتند بیچاره نفسی بکشد!»

اسپروز که دوباره توجهش به گاری‌های حامل سنگ طلا معطوف شده بود
به جانوشیار گفت:

«با کمی گاری سواری، موافقی؟»

جانوشیار منظور او را فهمید و با لبخند گفت:

«نگو که هوس کرده‌ام.»

و هر دو به چابکی بر یکی از گاری‌ها سوار شدند و همراه با آن به درون تونل فرو
رفتند و پس از طی مسافتی در تاریکی به محوطه‌ی کوره‌های ذوب وارد شدند. در
آنجا گاری‌های حامل سنگ طلا، بطور خودکار تخلیه می‌شدند و سنگ‌های طلا

بوسیله نقاله به کوره‌ی ذوب منتقل می‌شدند. صدای آتش درکوره سرسام‌آور بود. طلای ذوب شده بعد از خروج ازکوره تبدیل به شمش می‌شدند و به وسیله تسمه به مکانی دیگر انتقال می‌یافتند. جانوشیار و اسپروز مسیر حرکت تسمه را دنبال کردند و به مکان وسیعی رسیدندکه شمش‌های طلا درآنجا انبار می‌شد. اسپروز از دیدن آن همه طلا درآنجا شگفت زده شد وگفت:

«صاحبان این ثروت هنگفت کجا پنهانند؟»

و برای یافتن پاسخ این سؤال به مسیر ادامه دادند و وارد تالاری شبیه به یک موزه شدندکه مجسمه‌هایی از انواع جانوران درنده، خزندگان عظیم‌الجثه و حشرات سمی درآنجا وجود داشت که مجسمه کهیلا وکاموس نیز بخشی ازآنها بودند.

جانوشیار تیغه‌ی برنده‌ای از جیب درآورد و بر پیکر یک مجسمه کشید و بو کرد وگفت:

«از طلای خالص است، چه خبرست اینجا؟»

اسپروز گفت:

«احتمالاً مجسمه‌ها، یادبودی هستند از دوستان فیلوس.»

در جایی ازتالار دو پیکره که بر آن پرده‌ی سیاه کشیده بودند توجه اسپروز و جانوشیار را جلب کرد. اسپروز گفت:

«انگار ازین دو تا هنوز پرده برداری نشده.»

جانوشیار گوشه‌ی یکی از پرده‌ها راگرفت وکشید و هر دو از دیدن مجسمه طلایی نیم‌ساخته‌ی شنبلید جا خوردند. اسپروز با اشاره به دومی گفت:

«احساس می‌کنم، این یکی هم باید آشنا باشد.»

و پرده را از روی مجسمه‌ی دیگر کشید و پیکره‌ی نیم‌ساخته‌ی بیدرفش هویدا شد. جانوشیار با پوزخند گفت:

«اینم از آق بیدرفش خودمان!... انصافاً جمعشان جمع است.»

صدای پای کسی که کفش چوبی به پا داشت و از پله‌ی سنگی پایین می‌آمد، آن دو را واداشت که با سرعت پرده‌ها را بر روی مجسمه‌های نیم ساخته بکشند و پشت یک مجسمه حجیم پنهان شوند.

لحظاتی بعد مردی آمد که همچون بقیه چشمانی سفید داشت و مستقیماً به سراغ مجسمه‌های نیم‌ساخته رفت و با شعله‌افکنی که در دست داشت به ساخت و پرداخت آنها مشغول شد. او کارش را با مهارت یک مجسمه‌ساز استاد انجام می‌داد. اسپروز آهسته به جانوشیار گفت:

«جانوشیار، عجیب است که این‌ها با وجود اینکه جایی را نمی‌بینند، کارشان را خیلی دقیق انجام می‌دهند.»

جانوشیار گفت:

«شاید واقعاً نابینا نباشند.»

اسپروز گفت:

«حتماً هستند؛ آژمان به من دروغ نگفته.»

مرد مجسمه‌ساز به دور از انتظار لب به سخن گشود و گفت:

«همینطورست. آژمان هرگز دروغ نمی‌گوید، دوستان.»

جانوشیار با تعجب از اسپروز پرسید:

«منظورش ما بودیم؟»

اسپروز جواب داد:

«حتماً. جز ما که کسی اینجا نیست، ولی او صحبت آهسته‌ی ما را از این فاصله چطور شنید؟»

مجسمه‌ساز دوباره به سخن آمد و گفت:

«وقتی کسی به چشم احتیاج نداشته باشد، حتماً گوش‌های تیزی خواهد داشت، دوستان.»

اسپروز نگاهی به جانوشیار کرد و گفت:

«انگار پنهان شدن فایده‌ای ندارد.»

جانوشیار هم با حرکت سرگفته‌ی او را تأیید کرد و دوتایی از پشت مجسمه‌ی بیرون آمدند و به مجسمه‌ساز نزدیک شدند. اسپروز گفت:

«تو از آژمان حرف زدی، حتماً او را می‌شناسی.»

مجسمه‌ساز بی‌آن که به آنها نگاه کند جواب داد:

«مگر کسی هم هست که او را نشناسد؟ بزرگترین دانشمند این سرزمین. کسی که به راز ساخت ژوبین هزارآینه دست پیدا کرد و هم زمان، روشنک زیبا را از چنگ فیلوس نجات داد و اینجا را ترک کرد تا ژوبین هزارآینه را در آلانان بسازد، جایی که شما از آنجا آمده‌اید.» جانوشیار گفت:

«تو از کجا فهمیدی که ما از آلانان آمده‌ایم؟»

مجسمه‌ساز جواب داد:

«این خبر مدتی است که همه جا پیچیده. می گویند قهرمانانی از آلانان با ژوبین هزارآینه در راهند. آن قهرمانان شما هستید. هزارآینه کجاست؟ باید خیلی زیبا باشد.»

اسپروز گفت:

«زیبایی ژوبین هزارآینه را بیرون از اینجا می‌شود دید، در زیر نور آفتاب.»

مجسمه‌ساز با اندوه گفت:

«بیرون از اینجا، همه جا تاریکست.»

اسپروز گفت:

«تاریک نیست، ملخ‌ها آسمان را تاریک کرده‌اند. کافی‌ست دور شوید، روشنایی را می‌بینید. کاری که آژمان کرد.»

مجسمه‌ساز با لحنی آکنده از خواهش و تمنا گفت:

«دلم می‌خواهد ژوبین هزارآینه را لمس کنم. از اشتیاق لبریزم، خواهش می‌کنم.»

مجسمه‌ساز ضمن این خواهش در حالی‌که دستانش بی‌هدف فضا را لمس می‌کرد، به طرف آنها آمد. قلب مهربان اسپروز به حال مرد نابینا سوخت. جانوشیار گفت:

«بگذاریم لمس کند. فقط لمس.»

اسپروز ژوبین هزارآینه را از کوله بیرون آورد و به طرف دست مجسمه‌ساز نزدیک کرد و گفت:

«ما هم در اشتیاق دیدار آژمان بی‌تابیم. لمس کن و به ما بگو او کجاست؟»

در یک لحظه‌ی غافلگیرکننده، مجسمه‌ساز ژوبین هزارآینه را از دست اسپروز قاپید و همزمان با قاپیدن آن، جیغ بلندی کشید و در یک آن موجوداتی عجیب که زره‌هایی از طلا به تن داشتند از گوشه و کنار بیرون آمدند و آنها را محاصره کردند. حلقه‌ی محاصره که تنگ شد، مجسمه‌ساز با خونسردی ژوبین هزارآینه را در کیسه‌ای سیاه نهاد و رفت. جانوشیار نگاهی به اسپروز کرد و گفت:

«برای اولین بار در زندگی، کلک خوردم.»

•••

درهمان زمان که اسپروز و جانوشیار در دام فیلوس گرفتار شدند، لوری که جزییات نقشه را مو به مو عمل کرده بود، سرانجام به دامنه‌ی تپه‌ای شنی رسید که مطابق نقشه، قرار بود درخت آرزو بر فراز آن ظاهر شود. او ایستاد و آخرین مرحله‌ی نقشه را نگاه کرد و خواند:

«به تپه‌ای شنی خواهید رسید که هرکس بالا برود، هرگام، یک بند انگشت کمتر از آن به عقب لیز می‌خورد و کسی سرانجام به بالا می‌رسد که صبر بیشتری داشته باشد، در آن صورت درخت آرزو بر فراز تپه ظاهر می‌شود.»

لوری به فراز تپه نگاه کرد و با لحنی سرشار از اشتیاق گفت:

«لوری برای رسیدن به تو ای درخت آرزو حاضرست حتی هرگام، دوگام به عقب لیز بخورد!»

لوری این را گفت و شروع به بالا رفتن از تپه کرد. او هرگام که بالا می‌رفت، به طرز مضحکی، کمی کم‌تر از یک گام به پایین می‌لغزید. کمی که گذشت، ایستاد و به پشت سر نگاه کرد و دید که مسافت چندانی بالا نرفته است. از شعاری که قبلاً داده بود پشیمان شد و زیر لب گفت:

«همان یک بند انگشت کمتر، منطقی‌تر است.»

او سعی کرد که به سرعت تلاش خود بیفزاید، اما کم کم به نفس نفس افتاد و عرق از سر تا پایش جاری شد. هرچه پیش می‌رفت احساس می‌کرد که رسیدن به قله‌ی تپه دست نیافتنی‌تر می‌شود. جایی که احساس کرد که دیگر توان حرکت کردن ندارد ایستاد و ناخودآگاه با صدای بلند، ندا درداد:

«ای درخت آرزو، یا ظاهر می‌شوی، یا آرزوی ملاقات با لوری را به گور می‌بری.»

و فوری از خواسته‌ی احمقانه‌ی خود پشیمان شد و در دل گفت:

«عجب غلطی کردم؛ خدا کند نشنیده باشد!»

و با تواضع و تمنا ادامه داد:

«لوری بیچاره این همه راه را به اشتیاق دیدن تو زیر پا گذاشته، دلش را نشکن!»

و چون هیچ اتفاقی نیفتاد، نومیدانه زیر لب نجوا کرد:

«اشکالی نداره آژمان خان، بالاخره همدیگه را می‌بینیم!... لااقل می‌گفتی افسانه است که من اینجوری ناجوانمردانه اسپروز را تنها نمی‌گذاشتم.»

و در همین لحظه اتفاق عجیبی در مقابل چشمان حیرت‌زده‌ی لوری به وقوع پیوست. درختی بر فراز تپه شروع به روییدن کرد که برگ‌هایش مانند جواهر می‌درخشیدند و در آخر سیب سرخی بر شاخه‌ی آن رویید که از خود امواجی رنگین به اطراف می‌پراکند.

لوری زبانش بند آمده بود و بی‌آن که خود بخواهد، نرم و سیال به سمت درخت کشیده شد و نزدیک آن متوقف ماند. ابتدا فکر کرد که خواب می‌بیند

و با تردید دستش را جلو برد و سیب را لمس کرد و وقتی باورش شد که بیدار است. سیب را با یک حرکت سریع، قاپید و به آن در میان مشتش نگاه کرد و لبخند پیروزمندانه‌ای بر لبانش نشست و گفت:

«نه لوری، تو خواب نمی‌بینی. تو حالا تنها سیب درخت آرزو را در چنگ داری. تو الان می‌توانی با صدای بلند آرزویی را که یک عمر در سینه‌ات پنهان کرده‌ای، فریاد بزنی.»

در همان لحظه در آلانان، نقش درخت آرزو در فرش بافته شد و روشنک که انگار می‌دانست لوری چه آرزویی دارد، متوحش و نگران در ذهن خود فریاد زد:

«نه لوری، نه! خواهش می‌کنم آرزویت را بر زبان نیاور!»

در کنار درخت آرزو، لوری نگاهی به دور دست کرد و گفت:

«مرا ببخش اسپروز!... هیچوقت درک نکردی که لوری عاشق دختری است که فقط تو را دوست دارد... بارها نقش تو را بازی کردم، اما تو نشدم... حالا فرصتی نصیبم شده که آرزو کنم که عشق روشنک فقط و فقط شامل لوری بشود... مرا ببخش اسپروز.»

سیب را به دهان نزدیک کرد و تا خواست گاز بزند، صدای روشنک طنین‌افکن شد:

«نه لوری! نه، خواهش می‌کنم!»

لوری سرش را به پهلو چرخاند و دهانش از تعجب بازماند. روشنک در جمالی رؤیایی نزدیک او ایستاده بود. لحظه‌ای به او خیره ماند و بعد با تعجب پرسید:

«تویی روشنک یا دارم خواب می‌بینم؟»

روشنک بی‌آن که لبش گشوده شود، گفت:

«بین ما خیلی فاصله است، به همین خاطر در رؤیای تو حاضر شدم که از تو تقاضایی بکنم که اگر قبول کنی، قول می‌دهم همسرت بشوم و تا آخر عمر فقط با تو زندگی کنم.»

لوری گفت:

«بگو که با جان و دل انجام دهم؟»

روشنک گفت:

«عشق به اسپروز را از ضمیر من پاک نکن.»

لوری پرسید:

«عشق به اسپروز چه ارزشی دارد، وقتی که تو همسر من باشی؟»

روشنک با صدای بغض گرفته گفت:

«قول می‌دهم ابرازش نکنم، ولی از ضمیرم پاکش نکن.»

لوری گفت:

«ممکن است او هیچوقت از سرزمین داج بر نگردد.»

روشنک گفت:

«با این وجود بگذار یادش در قلبم باقی بماند.»

اشک از چشمان زیبای روشنک بر روی گونه‌اش جاری شد و لوری را دگرگون کرد. جلو رفت و مقابل روشنک ایستاد و پس از لحظه‌ای سکوت لب به سخن گشود و گفت:

«نه، روشنک... من قلب تو را می‌خواهم. قلبی که به خاطر اسپروز در سینه بتپد، هیچوقت جایی برای دیگری ندارد... تو و اسپروز متعلق به همدیگرید و همیشه خواهید بود و اگر لوری شرف داشته باشه، الان باید بزرگترین آرزویش رفتن به یاری اسپروز باشد، به یاری مردی که دلش به بزرگی دریاست.»

او به آرامی دست دراز کرد و دست روشنک را بالا آورد و بر آن بوسه زد و بعد رو به درخت آرزو با صدای بلند ندا در داد:

«لوری آرزو می‌کند جایی باشد که اسپروز آنجاست!»

و بی‌معطلی سیب را گاز زد.

• • •

در زندان شهر خاکستری، از اسپروز و جانوشیار بازجویی می‌کردند. اوضاع ظاهری آن دو نشان می‌داد که به اندازه‌ی لازم شکنجه شده‌اند، اما نشانی از تسلیم در رفتار آنها مشاهده نمی‌شد. بازجو که همان مرد جغدی آشنا بود، به آن دو گفت:

«آقایان بسیار متأسفم از این که مقاومت بچگانه‌ی شما، کمی ما را و بیشتر خودتان را به زحمت انداخت و امیدوارم که عاقبت‌اندیشی شما، ما را به چنان دوستانی مبدل کند که ساعت‌ها بنشینیم و برای سال‌هایی که از هم دور مانده بودیم، زار زار اشک بریزیم. اما در شرایط فعلی، شما جاسوسانی هستید که حریم مرزهای ما را شکسته‌اید... چه دفاعی دارید؟»

جانوشیار جواب داد:

«برای بار چندم بگوییم؟ ما مسافران راه‌گم‌کرده‌ای هستیم که از بدشانسی گذرمان به اینجا افتاد.»

مرد جغدی قاه قاه خندید و گفت:

«ما عمداً به شما اجازه دادیم، به هرکجا که می‌خواهید سرک بکشید و از نزدیک نظاره‌گر نظم، دقت، قدرت و ثروت ما باشید. مأمورین ما، شما را کاملاً زیر نظر داشتند. الان هم دو کار می‌توانیم بکنیم، اول این که می‌توان از شما دو نفر به عنوان گروگان‌هایی مهم، علیه آلانان استفاده کرد... و راه بهتر این که عاقل باشید و با ما همکاری کنید.»

و خطاب به اسپروز ادامه داد:

«تو می‌توانی با حمایت ما بزودی فرمانروای آلانان شوی و مشاور بزرگی مثل جانوشیار را هم درکنار داشته باشی.»

اسپروز با زیرکی پرسید:

«در مقابل چه انتظاری از من دارید؟»

«به آنچه ما می‌خواهیم عمل کنی.»

«اگر قبول نکنم؟»

«ما هم مجبوریم روش اول را اعمال کنیم. راهی که ممکن است به جنگی خونین ختم شود... که در این میان معمولاً، بیشترین خطر متوجه جان گروگان‌هاست.»

در همین هنگام صدای آشنای زنی گفت:

«عاقل باشید و راه دوم را انتخاب کنید.»

اسپروز و جانوشیار، هر دو، از شنیدن این صدای آشنا، ناخودآگاه برگشتند و به پشت سرشان نگاه کردند و شنبلید را دیدند که به رویشان لبخند می‌زند. جانوشیار با نفرت پرسید:

«تو اینجا چکار می‌کنی مفتخور؟ من که انداخته بودمت توی قرنطینه!»

شنبلید با تفرعن، چند گام جلو آمد و گفت:

«فرار کردم که در درک واقعیت به شما کمک کنم.»

مرد جغدی گفت:

«و در این صورت، اسپروز، شنبلید و جانوشیار سه رأس مثلث طلایی قدرت خواهند شد.»

اسپروز گفت:

«شنبلید در آلانان اعتباری ندارد، دستش رو شده.»

مرد جغدی قاه قاه خندید و بعد گفت:

«شما اهالی آلانان چقدر بامزه هستید، آدم قلقلکش می‌آید... هیچ می‌دانید هم پیمانان ما در هفت‌قلعه و جنگل زرد، به زودی عازم سرزمین شما می‌شوند؟... بزودی ملخ‌های ما آسمان سرزمین شما را برای همیشه خواهند پوشاند. حرف آخر... شنبلید بانوی عزیز ما پیشنهاد عاقلانه‌ای به شما داد و فردا جواب نهایی را از شما خواهد شنید. تا فردا فرصت زیادی برای فکرکردن دارید.»

در آن لحظه اگر اسپروز حدس می‌زد که پشت چهره‌ی شنبلید چه کسی پنهان است، قضاوت دیگری می‌کرد.

به دستور مرد جغدی، اسپروز و جانوشیار را دوباره با زنجیر آویزان کردند و خود به اتفاق شنبلید رفت تا مجسمه‌ی طلای او را نشانش دهد.

در تالار مجسمه‌ها، مرد جغدی پرده‌ی سیاه را از روی پیکره‌ی نیمه تمام شنبلید کنار زد تا او ببیند. شنبلید با ناز گفت:

«ای وای جناب!... من به این زشتی هستم؟»

مرد جغدی ناز او را خرید و گفت: «نگویید شنبلید بانوی عزیز. شما در زیبایی شهره‌ی آفاق هستید. بگذارید کار مجسمه تمام شود، گل سرسبد مجسمه‌های قصر خواهد بود.»

شنبلید صورت مجسمه خود را نوازش کرد و گفت:

«نازت را بخورم، چه لب‌های غنچه‌ای!»

مرد جغدی پرده از مجسمه بیدرفش کشید و گفت:

«این هم همشهری شما که گفتیم کهیلا پاداش خوبی به او بدهد.»

شنبلید سرش را با تأسف تکان داد و گفت:

«بیچاره!... من شاهد مرگ دردناکش بودم.»

مرد جغدی گفت:

«عجب! پس دیگر او را در خدمت نداریم.»

مرد جغدی این را گفت و شعله‌افکن را از روی زمین برداشت و شعله‌ی آن را متوجه کله‌ی ساخته شده‌ی پیکره‌ی بیدرفش کرد. کله‌ی بیدرفش به آرامی ذوب شد و به مابقی توده‌ی بی‌شکل طلا پیوست.

شنبلید با تأسف گفت:

«چه سرنوشت تلخی!»

مرد جغدی گفت:

«ما میل داریم روزی همین توده‌ی طلا تبدیل به تندیسی از اسپروز بشود، و برای این کار به تو احتیاج داریم. تو قلق این کله‌پوک را بهتر می‌دانی.»

شنبلید کرشمه‌ای آمد و گفت:

«به دوستان خود اعتماد کنید. به شما قول می‌دهم، به زودی اسپروز را در پابوس فیلوس ببینید.»

فردای آن روز شنبلید رفت تا مأموریتی را که به او محول کرده بودند انجام دهد. وقتی که به تنهایی وارد زندان شد و در پشت سرش بسته شد، جانوشیار به اسپروز گفت:

«باز هم این عفریته پیدایش شد!»

شنبلید به روی خودش نیاورد و با خوشرویی گفت:

«صبح بخیر آقایان. امیدوارم خوش گذشته باشد.»

جانوشیار با خشم گفت:

«بله، به لطف شما آویزانیم.»

شنبلید با خنده‌ای کریه گفت:

«چه بامزه‌ای جانوشیار!... اصلاً ازت دلگیر نیستم، اگرچه به من بد کردی.»

جانوشیار با نفرت گفت:

«باید کله‌ات را می‌کندم!»

شنبلید غافلگیرانه گفت:

«دوستان عزیز، لحظاتی خلوت با خود، آدم را به مرز آگاهی‌های شگفتی می‌برد و راه رسیدن به اعماق عجیب و غریب ذهن را هموار می‌کند. آیا به پیشنهاد من فکر کردید؟»

شنیدن این جمله‌ی آشنا که قبلاً از زبان لوری شنیده بودند، موجب شد که اسپروز و جانوشیار ناخودآگاه به هم بنگرند و هر دو به نتیجه‌ی مشترکی برسند.

شنبلید با لبخندی معنادار گفت:

«جواب مرا ندادید.»

اسپروز گفت:

«خیلی خب، دیگر لازم نیست بازی کنی، ما تو را...»

شنبلید اجازه‌ی ادامه‌ی سخن به اسپروز نداد و ضمن زدن چشمکی به او، پایش را هم محکم به زمین کوبید و گفت:

«ساکت!»

اسپروز و جانوشیار که لوری را شناخته بودند، متوجه شدند که او مجبور است این چنین بازی کند. لوری که می‌دانست مرد جغدی از دریچه‌ای مخفی آن‌ها را زیر نظر دارد، به دنبال آن دستور تحکم‌آمیز ادامه داد:

«نبینم یک وقت از اخلاق من سوءاستفاده کنید. شنبلید دو چهره دارد، مواظب باشید آن روی سگم بالا نیاید.»

لوری با این جمله‌ی کنایی موقعیتش را به دوستانش تفهیم کرد. اسپروز و جانوشیار نگاهی به هم کردند و اجازه دادند او نمایشش را کامل کند. لوری که مطمئن بود دوستانش همان‌گونه رفتار خواهند کرد که او می‌خواهد، با لحنی قاطع گفت:

«بسیار خوب... می‌دانید که من اهل چانه‌درازی و زبان بازی نیستم. یک سؤال می‌پرسم و می‌خواهم فقط یک جواب بشنوم.»

و با صدای بلند پرسید:

«آری؟»

اسپروز و جانوشیار نگاهی رد و بدل کردند و بعد هر دو با هم جواب دادند:

«آری!»

مرد جغدی در مکان مخفی پاسخ مثبت دو زندانی را شنید و لبخندی شیطانی بر لبانش نقش بست و گفت:

«بیچاره‌ها! خبر ندارید که هم اکنون لشکر ملخ‌های ما راهی سرزمین شما هستند!»

● ● ●

همان روز اسپروز و جانوشیار را برای حضور در مراسم اعلام سرسپردگی به فیلوس آماده کردند. بعد از آن که خدمه، آن دو را به لباس و شنل زربفت آراستند و آماده‌ی ترک اقامتگاه شدند، اسپروز به لوری که هنوز در ادامه‌ی مأموریتش همراه آنان بود، گفت:

«فکر می‌کردیم که تو به درخت آرزو رسیده‌ای و ما را فراموش کرده‌ای.»

لوری با تواضع مخصوص به خودش جواب داد:

«راستش سبک سنگین کردم و دیدم به زحمتش نمی‌ارزد. فکر کردم حالا فوقش یک لوری مهم هم می‌شدم... که چه؟»

جانوشیار که حواسش به شنل زربفتی بود که به تن داشت، گفت:

«اینجا یک آینه هم پیدا...»

لوری سخن جانوشیار را قطع کرد و گفت: «هیس!... مگر نمی‌دانی در اینجا حرف زدن از آینه جرم بزرگی است؟»

اسپروز که آماده‌ی انجام مهم‌ترین کار زندگیش بود، جمله‌ای که به خاطر آن تن به خطر می‌داد را آرزومندانه بر زبان جاری ساخت:

«پایان یک شب هزار ساله!»

یکی از خدمه آمد و اطلاع داد که زمان شرفیابی فرا رسیده است و آنان را به تالار بزرگ قصر راهنمایی کرد.

شکوه اشرافی قصر، در پرتو نور مشعل‌های پرتعداد و بازتاب خیره کننده‌ی آنها در طلاهایی که بافت اصلی آنجا را تشکیل می‌داد، دو چندان شده بود.

دنباله‌ی شنل‌های زربفت اسپروز و جانوشیار بر سنگفرشی از طلای صیقل یافته، کشیده می‌شد و لوری در قالب شنبلید پیشاپیش آن دو در حرکت بود.

در دو سوی مسیر آنان، گروهی از اشراف، که ترکیبی از زنان و مردان دیونمای کریه‌المنظری در پوشش‌های گرانبها بودند، عبورشان را نظاره می‌کردند. در صدر تالار و بر سطحی مشرف بر بقیه، فیلوس بر تخت زرین جلوس کرده بود.

تاجی شبیه به شاخ، او را از دیوان دیگر متمایز می‌کرد. در فراز جایگاه او، نزدیک به سقف قصر، نشان فیلوسی که شبیه به داغ پیشانی روشنک بود، در دل دیوار حک شده بود. در آتش اجاقی که پیش پای فیلوس شعله‌ور بود میله‌ای گداخته می‌شد و او در حالی‌که چوب‌دست مرصعی در دست چپ داشت، با دست دیگر سر مار بزرگی را که پیش پای او چنبر زده بود نوازش می‌کرد و مار احساس خوشی از این نوازش بروز می‌داد و چشمان سُرخش را خمار کرده بود.

اسپروز و جانوشیار و پیشاپیش آن دو، لوری، به جایگاه فیلوس نزدیک شدند. لوری آهسته به اسپروز گفت: «اسپروز، یادت نرود ژوبین هزارآینه، میان دسته‌ی عصایی است که فیلوس در دست دارد.»

اسپروز گفت:

«خوشحالم که هنوز آن را از بین نبرده.»

لوری گفت:

«دلیل دارد؛ او هر روز می‌برد و آن را به رخ آژمان می‌کشد تا زجرش بدهد.»

جانوشیار به اسپروز گفت:

«مراقب آن مار هم باش، کشنده‌ترین سم را دارد.»

وقتی‌که آنها به اولین پله‌ی جایگاه رسیدند، لوری ایستاد و از همان جا شروع به گفتن مدح و ثنا کرد:

«فیلوسا، جانا، عمرا... ما فدایت می‌کنیم همه جان و همه عمر را.»

فیلوس با تفرعن سری تکان داد و دستی از سر رضایت بر سر مار کشید. لوری و به تبعیت از او اسپروز و جانوشیار چند پله بالا رفتند. لوری دوباره ایستاد و به سخنان چاپلوسانه ادامه داد:

«تاریخ هرگز این لحظه‌ی با شکوه را فراموش نخواهد کرد. لحظه‌ای را که پسر برگزیده‌ی آلانان، سر بر آستان فیلوس بزرگ بساید.»

چند پله دیگر نیز بالا رفتند و لوری بازهم ایستاد و گفت:

«اکنون قلب‌ها درسینه می‌تپند و منتظرندکه این لحظه‌ی تاریخی، به فرمان فیلوس کبیر آغاز شود.»

برای لحظاتی سکوت مستولی گشت و بعد دری در میانه تالار گشوده شد و تختی از سنگ، بر روی یک چهارچرخ به درون آورده شد که آژمان بر روی آن به زنجیر کشیده شده بود.

اسپروز بی‌اختیار خواست به سمت آژمان برود که جانوشیار مانعش شد و آهسته به او گفت:

«حالا وقتش نیست اسپروز، تحمل کن.»

با اشاره چوبدست فیلوس، شیپور آغاز مراسم نواخته شد. اسپروز نگاه دیگری به آژمان انداخت و نگاه آژمان نیز متوجه او بود. آژمان خسته، شکنجه دیده و زخمی بود و سپیدی موهایش به لکه‌های سرخ خون آغشته شده بود. لوری خودش را به اسپروز نزدیک کرد و آهسته به او گفت:

«زود باش اسپروز، چرا معطلی؟»

اسپروز که به سختی تنفرش را پنهان کرده بود از پله‌ها بالا رفت و در مقابل چشمان متعجب آژمان، پیشانی را پیش پای فیلوس بر زمین نهاد. شیپورها از نواختن بازماندند و سکوت مستولی شد. فیلوس ضربه‌ای آهسته به پشت کله‌ی مار زد و مار با هیبت ترسناکی از چنبر خارج شد و سر را به سمت گردن اسپروز پیش برد و یقه‌ی شنل زربفت او را به کام گرفت و با یک حرکت خشن جر داد. اکنون شانه‌های لخت اسپروز در مقابل فیلوس قرار داشت. فیلوس با حالتی ناشی از تکبر و اقتدار، میله را از درون اجاق آتش بیرون کشید. نشان فیلوسی، بر سر میله، گداخته و سرخ شده بود. ناخودآگاه قطره‌ای اشک از چشمان آژمان جاری شد. اسپروز از زیر چشم مراقب بود و می‌دید که نشان گداخته هر لحظه به شانه‌ی او نزدیک‌تر می‌شود. در این لحظات با به یاد آوردن این موضوع که همین نشان شوم چنان اثری بر پیشانی محبوب او روشنک بر جای گذاشته

بود که موجب سال‌ها رنج و افسردگی و سکوت او شده بود، قلبش به درد آمد و عزمش را راسخ‌تر کرد که به خاطر روشنک، به خاطر پدر و استادش آژمان، و به خاطر مردم آلانان برای همیشه به سیطره‌ی شوم فیلوس پایان دهد. او در نزدیک‌ترین فاصله‌ی تماس نشان گداخته با شانه‌اش، با چالاکی خودش را عقب کشید. نشان گداخته، طلای کف زمین را ذوب کرد و بخار فلز فضا را مه‌آلود کرد. فیلوس لحظه‌ای تعادلش را از دست داد و همین لحظه‌ی کوتاه به اسپروز فرصت داد که چوبدست او را از میان پنجه‌اش بیرون بکشد.

لوری که به هیجان آمده بود، کلاهش را بالا کشید و تبدیل به خودش شد و با یک جست بلند، خود را به روی فیلوس افکند و دستی را که میله‌ی گداخته در آن بود به کله‌ی مار چسباند. نشان گداخته، فرق سر مار را سوزاند و دود از آن برخاست. لوری خود را از فیلوس جدا کرد و به دنبال اسپروز و جانوشیار که به سمت آژمان می‌دویدند، شتافت.

فیلوس با غرش‌های خشم‌آلود، مار زخمی را در پی آنان روان کرد. مار بر کف زمین می‌لغزید و هر لحظه فاصله‌اش را با آنها کمتر می‌کرد. آژمان که شاهد این منظره بود، ندای هشدار سر داد:

«مواظب باشید، مار پشت سرتان است!»

اسپروز برگشت و چوبدست را مقابل مار بلند کرد. مار با انعطافی ترسناک به طرف او یورش آورد و برگرد بدنش پیچید. لحظاتی هر دو با هم گلاویز بودند و در آخر این اسپروز بود که با کمک چوبدست مار را به هوا پرتاب کرد و چندین بار دیگر نیز مار را هنوز به زمین نیامده، با همین روش به هوا پرت کرد و هر بار شدت آن را بیشتر کرد طوری که بعد از آخرین پرتاب، مار با سر جلو پای فیلوس فرو افتاد و خون از چشمانش جاری شد و از جنبش بازایستاد. لبخندی چهره‌ی رنجدیده‌ی آژمان را زینت بخشید و نجواگونه زمزمه کرد:

«خوش آمدی، دیدگانم!»

و سپس با آخرین توانی که داشت، فریاد برآورد:

«حالا نوبت فیلوس است! اسپروز، نشان فیلوس را بر فراز جایگاه او نشانه بگیر.»

اسپروز با خشم به نشان فیلوسی بالای جایگاه نگریست و هم‌زمان، چشمان خشمگین فیلوس به طرز عجیبی ابتدا سرخ وگداخته شد و سپس اشعه‌ای سوزان ازآن بیرون جهید. لوری فریاد زد:

«اسپروز مواظب باش!»

اسپروز با یک جست جایش را تغییر داد و اشعه‌ی سوزان، دیوار پشت سر او راگداخت و ذوب کرد. اسپروز با یک ضربه، چوب‌دست را به دو نیم کرد و ژوبین هزارآینه را از میان آن بیرون کشید و بر سر دست گرفت. با نمایان شدن هزارآینه، آه از نهاد دیوان برخاست. اسپروز سراپا خشم و انتقام، گام به سوی فیلوس پیش نهاد. فیلوس کینه توزانه اشعه‌ی دیگری را از چشمانش به سمت اسپروز رهاکرد. اسپروز با چابکی ژوبین را در مسیر اشعه قرار داد. بازتاب اشعه قسمتی از سقف قصر را شکافت و مایعی سیاه و لجن‌مانند از ترک سقف جاری شد. این حادثه چندین بار دیگر تکرار شد و هر بار اسپروز با چابکی جایش را تغییر می‌داد و ژوبین را مقابل اشعه سرخ سپر می‌کرد و قسمت‌هایی از سقف و دیوار شکاف برمی‌داشت. اسپروز ضمن مبارزه با اشعه‌های سرخ، گام به‌گام از پله‌ها بالا می‌رفت تا مقابل فیلوس قرارگرفت و هزارآینه را مقابل او نگه‌داشت بازتاب آخرین اشعه از جانب فیلوس تبدیل به دسته‌ای شعاع نورانی شد و بسمت خودش برگشت. فیلوس با نعره‌ای وحشت‌زده عقب نشست، ولی دیگر دیر شده بود و شعاع نورانی به زره‌ی طلایی روی سینه‌اش اصابت کرد و وی را با شدت به تخت مرصعش کوبید.

اسپروز لحظه‌ای معطل نکرد و نشان فیلوسی را هدف گرفت و با فریادی رعدآسا که پژواکش به هزار فریاد شبیه بود، با همه توان ژوبین هزارآینه را بسمت آن پرتاب

کرد. ژوبین هوا را شکافت و هر لحظه سرعت بیشتری پیدا کرد و رفته رفته گداخته و درخشان و سپس شعله‌ورشد و هنگام برخورد با نشان فیلوسی تبدیل به هزار گوی رخشان و سوزنده شده و از برخورد هرگوی به هر مانع انفجاری مهیب پدید آمد. سقف کاخ بر سر دیوان فرو می‌ریخت و به آنان امان گریز نمی‌داد. فیلوس قصد فرار داشت که نشان او بر بلندای دیوار قصر با صدای مهیبی از هم پاشید و پاره‌های سنگ بر سرش آوار شد و او را بر تخت مرصعش مدفون کرد.

از حفره‌ی بزرگی که در دیوار پدید آمده بود، انوار زرین آفتاب به درون تابیدن گرفت و زمین از لرزش باز ایستاد. اسپروز سر از پا نشناخته به طرف آژمان دوید و زودتر از لوری و جانوشیار خودش را به او رساند و در آغوشش گرفت و از شوق گریست و با هق هق گریه گفت:

«دیگر همه چیز تمام شد پدر!»

آژمان لبخندی از سر رضایت زد و در جواب او گفت:

«آره... پایان یک شب دراز هزار ساله!»

جانوشیار و لوری هم از شوق می‌گریستند. گرد و غبار هم فرو نشسته بود و انوار زرین آفتاب، از شکاف‌ها و روزنه‌های که در سقف و دیوار پدید آمده بود، به درون می‌تابید و ستون‌های نورانی، منظره‌ای بدیع پدید آورده بود و حضور همزمان بردگان آزاد شده شهر خاکستری، نوید روزهای خوب آینده را می‌داد. آنان اکنون چشمانی بینا داشتند و در دست هر یک آینه‌ای بود که بازتاب نور و رنگ در آنها، بازی باشکوهی داشت.

•••

هر چه انوار آفتاب، در سرزمین داج، بیشتر بر مه و غبار چیره می‌شد، فرسنگ‌ها دورتر، آسمان آلانان می‌رفت که از هجوم ملخ‌ها تیره و تار شود. گروه مردان و این بار زنان آلانان هم، کمان در دست و آماده‌ی مبارزه در کنار هیمه‌های فروزان اجتماع کرده بودند و چشم به آسمان، گوش به فرمان آوه بودند. فوج

ملخ‌ها پدیدار شدند و پرده‌ی سیاهی بر دشت و جنگل کشیدند. آوه کمان خود را از شانه بیرون کشید، تیری از ترکش برداشت، پیکان آن را با آتش شعله‌ور کرد و در کمان نهاد و به سمت ملخ‌ها رها کرد و به این ترتیب فرمان حمله صادر شد. تیرهای شعله‌ور، یکی بعد دیگری آسمان تیره را چراغانی کردند. ملخ‌های بسیاری سوختند و فرو افتادند، اما روزنی به نور آفتاب گشوده نشد تا روشنک سوار بر ماهوی آمد. آوه از حضور او تعجب کرد و تعجبش فزون‌تر شد وقتی که دید دیگر اثری از داغ فیلوس بر پیشانی او نیست و دریافت که آن اتفاق بزرگ رخ داده و انتظار طولانی به پایان رسیده است. در آن لحظه آوه و دیگر مردم آلانان شنیدند که روشنک پس از سال‌ها سکوت، لب به سخن گشود و ندا سر داد:

«مردم آلانان، شب هزار ساله به پایان رسید.»

طنین صدای روشنک، نیرویی در قلب و جان همه دمید که هر بازو، کار هزار بازو کرد و هر کمان، کار هزار کمان و هر تیر، کار هزار تیر و آسمان از تیرهای آتشین چنان شعله‌ور شد که ملخ‌ها یارای گریز از آتش سوزانی که به جانشان افتاده بود نداشتند و کرور کرور سوختند و خاکستر شدند.

و طنین صدای روشنک همچنان جاری بود و چشمه‌های خشکیده را پرآب و زمین‌های سوخته را سیراب می‌کرد.

و طنین صدای روشنک، برگ بر شاخه‌های خشک می‌رویاند و باغ را سبز، گلان را رنگارنگ و بلبلان را مست می‌کرد...

و طنین صدای او می‌رفت تا در گوش جان اسپروز زمزمه کند:

«با عشق تو زنده‌ام محبوبم!»